Bora Ćosić

Lange Schatten in Berlin

Aus dem Serbischen
von Brigitte Döbert

Mit einem Nachwort
von Herbert Wiesner

Schöffling & Co.

Der Verlag dankt dem Ministerium für Kultur der Republik Serbien für die freundliche Förderung der Übersetzung des Buches.

Република Србија
Министарство културе, информисања
и информационог друштва

Fotografien von Lidija Klasić

Deutsche Erstausgabe

Erste Auflage 2014

Satz: Reinhard Amann, Memmingen
Druck & Bindung: Pustet, Regensburg
ISBN 978-3-89561-586-3

www.schoeffling.de

Berlin kam mir wie eine Stadt von Buben vor,
denen man am Tage zuvor Seitengewehre
und Helme, Stöcke und Pfeifen,
richtige Fahrräder und Anzüge geschenkt hatte.
Ich traf sie bei ihrem ersten Ausgang;
sie hatten sich noch nicht an die Veränderung
gewöhnt, und jeder brüstete sich mit dem,
was er gestern bekommen hatte.

BORIS PASTERNAK

Auch Berlin ist ein Zustand.

IRENA VRKLJAN

Lange Schatten in Berlin

Ab ovo

Irgendwo muss ein Handbuch für den Aufenthalt im zwanzigsten Jahrhundert existiert haben, nur bin ich nie drangekommen. So lebte ich ein gutes Stück des Jahrhunderts ohne jede Anleitung, und das sieht man mir und meinem Leben deutlich an. Was besagter Leitfaden enthielt – jeder Bürger dieser Zeit hätte ihn bitter nötig gehabt –, muss ich mir selbst ausdenken. Bestimmt beschrieb darin einer, der klüger war als ich, Einrichtungen wie den Bürgersteig oder die Eingänge zu städtischen Gebäuden einschließlich der Treppenhäuser bis in die letzte Einzelheit. Und erläuterte den Sinn eines Aufzugs inklusive sämtlicher Details der Anlage. Denn manche sind mit einer kleinen, gepolsterten Bank ausgestattet, andere nicht. In den meisten hängt ein Spiegel, oft geschliffen und mit Zeichnungen verziert, ausgeführt in einer besonderen Technik, die Teile des Glases erblinden lässt. So kann, wer Aufzug fährt, erst sein Spiegelbild und dann das Bild einer jungen Frau betrachten, das solcherart auf dem Glas aufgebracht wurde. Bestimmt hat schon jemand über die Lage der Rastplätze nachgedacht, die sich zwischen zwei Stockwerken befinden, wo es keine Türen gibt, höchstens ein Fenster, und das ist oft genug blind, so dass man nicht sehen kann, was im Hof geschieht. Damit die, die zu Fuß gehen, ganz unbeeinflusst von draußen Atem schöpfen können.

Dazu gesellt sich eine Fantasie über den Teppich, der, gehalten von Messingstäben, die Stufen hinabgleitet. Wie Endlospapier, eingespannt in der Rotationspresse oder einer Schreibmaschine. Vielleicht ist es ein ehemals fliegender und nun gelandeter Teppich, vielleicht eine Replik der Rolltreppen in Kaufhäusern und U-Bahnhöfen. Vielleicht sind Treppen ganz allgemein Varianten von etwas. Denn selbst vollkommen neue Phänomene wie die Vorrichtungen, die uns in den Untergrund transportieren, könnten das endlich zum Vorschein gekommene Original und alle Treppen der Vergangenheit lediglich Vorläufer der heutigen Version sein. Das Handbuch dürfte zudem etwas über Sinn und Zweck der Geländer sowie der Schlüssel enthalten haben, mit denen wir unsere Wohnungstüren öffnen, natürlich einschließlich der Konnotationen, welche die Psychoanalyse dieser vorzeitlichen Erfindung zusprach. Diese Wissenschaft dürfte sich auch mit dem kleinen Guckloch in der Tür beschäftigt haben, ein Glasauge, das auf der Innenseite von einem Lid verschlossen ist. Unsere Großmütter nannten das Ding Spion. Er erlaubt einen Blick auf Besucher, die durch das Glas völlig deformiert erscheinen. Würde man sich auf ihr Bild im Spion stützen, man ließe sie niemals ein, denn sie wirken wie Monster mit Minikopf und Riesenleib. Sollten sie ein hübsches Päckchen in der Hand halten, schaut es so aus, als wollten sie uns mit einem riesigen Ziegelstein den Schädel einschlagen.

All diese Dinge hätten in dem Buch, das im zwanzigsten, dem bürgerlichen, städtischen Jahrhundert unentbehrlich gewesen wäre, notwendig vermerkt sein müssen. Nun, da dieses Jahrhundert und unser darin gelebtes Leben vergeht, müssen wir uns selbst zusammenreimen, wie wir in ihm hätten leben sollen und im Großen und Ganzen nicht gelebt haben. Wir haben es nur bis vor die Tür geschafft, die wir für unsere Wohnungstür hielten, aber die Wohnung, unsere Wohnung, haben wir nie richtig betreten. Deswegen ist mir das Treppenhaus so wichtig, eine Art vorbereitender Raum, Vorrede zum Text, womöglich ohne Inhalt, der drinnen eingeschlossen sein mag. Denn unser Leben im 20. Jahrhundert hatte keinen Inhalt, es war ein einziger Wirrwarr, so unordentlich wie russische Romane. In denen, wie in unserem Leben, alles durcheinandergeraten ist, Stühle, Uhren, Wetter, Kranke und kleine Kinder, die in der Ecke lernen. Ein Mädchen spielt Klavier, es gibt Streit, ein festliches Mittagessen, bei dem der Oma plötzlich schlecht wird. Lauter solche Sachen, die ich nie ohne Rest in ein System bringen kann. Deswegen konnte ich das Handbuch nicht finden, es wäre ziemlich schwer zu schreiben gewesen. Jetzt, im Rückblick, lässt sich ein Leitfaden über die Art, wie wir hätten leben sollen, viel leichter zusammenstellen. Und lustiger obendrein, weil man Dinge, die sich zugetragen haben, mit solchen kombinieren kann, die sich hätten zutragen sollen. Phänomene im Projekt sind sowieso immer interessanter als Phänomene, die aus Projekten hervorgehen.

Auswahl

Unser Berliner Haus hat drei Innenhöfe, die ziemlich weit auseinanderliegen. Wohl deshalb regnet es in dem einen oft, während im anderen die Sonne scheint. Den dritten füllt immerzu Dämmerung aus. Welcher der drei Räume ist der richtige Ausdruck vom Stand der Dinge, vom reinen Substrat des Menschenlebens auf Erden, unbeschwert von Nebensächlichem, eine genaue Beschreibung unseres Schicksals? Welcher bietet eine so unübertrefflich verfeinerte Umgebung, dass wir, die Anwohner, sie nur voller Hemmungen betreten und uns fragen, womit wir einen derart endlichen Garten der Welt verdient haben? Und da keiner weiß, welche Wahl die richtige ist, sind wir mal hier, mal da, ohne groß nachzudenken.

Stempel

Meine Wohnungstür ist mit geometrischen Mustern verziert, mit Vertiefungen in Form von Quadraten, Rhomben und Ellipsen, die die Ornamentik am Anfang des Jahrhunderts bildeten. Ich habe das untrügliche Gefühl, dass in diesem Haus eine zweite Tür existiert, die mit Erhebungen verziert ist, als habe die aus meiner Wohnung im noch weichen Zustand an jener gelehnt, was den Unterschied erklären würde. Ähnlich wie man es von unserem eurasischen Kontinent annimmt, der sich einst, heißt es, an die amerikanische Platte schmiegte. Viele Dinge tragen so die Erinnerung an etwas Ähnliches, mehr oder weniger weit Entferntes in sich. In diesem Sinn haben alle Erscheinungen die Struktur von männlichen und weiblichen Körpern, die sich nur darin unterscheiden, ob bestimmte Segmente ausgestülpt oder eingedellt sind. So enthüllt die Gegenständlichkeit der Welt ihre Herkunft, die sich wohl von der bürokratischen Gepflogenheit des Stempelns herleitet. Die Entdeckung der Abhängigkeit zwischen einem Stempel und dessen Abdruck auf einem

Blatt Papier dürfte auf eine Kanzlei zurückgehen. Die kleine Handbewegung will den Entwicklungsgang einiger Gedanken beglaubigen und keineswegs nur ein überraschendes Zeichen setzen, das wir als eigenständige Verzierung bewundern.

Wächter

Die Finsternis zwischen Doppeltüren gehörte in meiner Kindheit noch niemandem. Damals bezog ich dort Posten in dem Glauben, von meinem Wachsein im Dunkeln hinge das gesamte Familienleben ab. Keiner aus der Besatzung unserer häuslichen Burg ahnte, dass seine Sicherheit in meinen Händen lag und das geringste Geräusch im Treppenhaus am Schild meiner Sorge abprallte. So wachte ich am Rand des Universums, unberührt von den Ereignissen in Europa, entschlossen, den Familiennamen auf dem Täfelchen draußen an der Tür um jeden Preis zu verteidigen, als sei es der Name eines weltweiten Handelsimperiums.

Landvermesser

Die Leute im Büro gegenüber halten mich für einen Irren. Das liegt daran, dass ich von Zeit zu Zeit vom Schlafzimmer aus die Hofwand betrachte, in der unser Badezimmerfenster sein sollte, dann ins Bad gehe, das Fenster öffne und Richtung Schlafzimmer schaue. Ich mache das, weil ich die Anordnung der Räume in der Wohnung letztlich nicht verstehe. Wenn ich aus dem Schlafzimmerfenster Richtung Badezimmerfenster schaue, vermute ich es viel weiter weg, als es tatsächlich ist. In Wirklichkeit liegen die Fenster nahe beieinander. Ein langer Gang führt vom Schlafzimmer zum Badezimmer, das täuscht mich jedes Mal. Ich vergesse, dass er der Schlafzimmerwand folgt, das beziehe ich nicht in meine Überlegungen ein. Wenn ich vom Schlafzimmerfenster Richtung Badezimmer schaue, entfällt der größte Teil dieser Entfernung. Daher meine Nervosität, daher das Schauen aus verschiedenen Richtungen. Die Mitarbeiter der Firma gegenüber beobachten mich. Vielleicht schreiben sie mit, auch wenn ich nicht wüsste, wozu das gut sein sollte. Ich will nur herausfinden, wie sich die einzelnen Räume meiner Wohnung zueinander verhalten, und ich würde gern endlich zusammenbringen, wo in meinem Bewusstsein oder meinen Erinnerungen was abgelegt wurde, weil in ihnen ein Riesendurcheinander herrscht. Das ist ja wohl nicht strafbar.

Ähnliches widerfuhr mir auf den Straßen Berlins. In den ersten Wochen musste ich oft am Wittenbergplatz umsteigen. Das ist eine wunderschöne U-Bahn-Station mit einigen Stuckresten aus der Zeit des Jugendstils und einer Kakao-Reklame aus derselben Epoche. Oft stellte ich mir den Raum darüber vor, wenn man aus dem unterirdischen Teil herauskommt, wie es da wohl aussieht. Damals ging ich mehrere Male zu Fuß Richtung Welserstraße ins Kino, den hübschen Pavillon mit Satteldach dort hatte ich mir gemerkt. Ich sah Treppen, die in dem kleinen Häuschen in die Tiefe führen, und erkannte die Kakao-Reklame wieder. Da wurde mir klar, dass es sich um den mir sympathischen U-Bahnhof Wittenbergplatz handelte. Die Fassade war ganz anders, als ich sie mir vorgestellt hatte; dabei hatte ich geglaubt, die Station gut zu kennen. Als das nun klar war, merkte ich, wie mir die Straßenfassade, die ich mir vorgestellt hatte, unwiderruflich entglitt. Man kann eben nicht alles haben.

Teiresias' Fenster

Bereits in der Kindheit faszinierte mich eine Anomalie an Fassaden; hier in Berlin begegnet sie mir erneut. Ich meine die Stellen, an denen ursprünglich Fenster vorgesehen waren, aber nicht ausgeführt wurden; nur die Umrisse sind im Putz zu ahnen, Hinweise auf eine Abwesenheit. So trägt das Gebäude Plan und Werk bruchlos in sich. Mit einer Architektur, die Skizzen in Gebäude verwandelt, habe ich Mühe, aber hier geschieht das Gegenteil, ein materialisiertes Stück Wand schnurrt zu einer Skizze zusammen. Noch immer verstehe ich das Phänomen nicht zur Gänze; wie habe ich mir vorzustellen, was im Kopf eines Mannes vorgeht, der eine Fassade mit allen erforderlichen Fenstern zeichnet und zwei oder drei später nie aufmacht? Er besichtigte, anders kann es nicht sein, die bereits hochgemauerten Stockwerke und merkte dabei, dass diese zwei, drei Fenster überflüssig waren. Und offenbar hat auch mancher Architekt hier in Berlin lange gezaudert und erst beim Kontrollgang durch die oberen Stockwerke kapiert, wie idiotisch das bewusste Zimmer geraten war. Während der Bauarbeiten haben sich ganz von allein lauter Ecken und andere Hindernisse eingestellt. Unglaublich, wie einzelne Räume, und seien sie auch das Werk menschlicher Hände, Ehrgeiz entwickeln und werden, was sie werden wollen! Deswegen hat es der Architekt an der Stelle lieber bei der Zeichnung belassen, als drohe ihm eine Strafe. Falls er nicht blind war und sich mit dem Tastsinn orientierte. Und deswegen war dann auch das eine oder andere Fenster blind, als persönliche Handschrift, als Teiresias' Signatur.

Schwankender Weltenplan

Alles in allem scheint es prinzipiell unmöglich zu sein, dass sich Entwürfe, Pläne und Modelle noch nicht ausgeführter Gebäude unmittelbar auf das beziehen, was mit diesen Plänen geplant wird. Offenbar ist das ein besonderer Teil der materiellen Welt, ordentlich zwischen großen Pappdeckeln verwahrt, die an der Seite mit Schnürsenkeln zugebunden werden. Dort landete auch ein mysteriöses Bündel semitransparenten Papiers, das unser Mieter, ein Geodät, vor langer Zeit eines Abends unter den Arm geklemmt mitbrachte und später vor allen ausbreitete, um zu zeigen, wie unsere Straße, vermessen mit seinen Theodoliten, aussah.

Papa bekam einmal den Auftrag für einen Plan, nach dem das Leben in deren Kontor reorganisiert werden sollte. Die Schreibtische, an denen sie saßen, die für die Ablage vorgesehenen Stellen sowie das Wichtigste – den Standort der Kasse –, all das musste von oben betrachtet auf eine bestimmte symbolische Art dargestellt werden. Papa führte das auf blütenweißem Karton aus; er wusch sich jedes Mal zuerst die Hände. Ich hielt dieses Abbild für wichtiger als den ganzen Raum, in dem sich das Kontor befand, und das dachte auch der Chef, als er Papa die Aufgabe übertrug. Papas Reorganisationsplan misslang, und so bekam ich die Kartons zur Verwahrung. Sie lagen später in einer großen Kladde, die mithilfe von Bändeln geschlossen wurde, wie Schuhe. Dort war das kleine Weltall verstaut, das Gebäude, die interne Ordnung der Schreibtische und andere Sachen, die im Leben keinen Platz haben. Zu dieser Welt gehören auch Menschen, denen man häufig auf Skizzen noch nicht ausgeführter Plätze begegnet, wo sie Spaziergänger und glückliche Bürger symbolisieren. Es läuft darauf hinaus, dass unser ganzer Kontinent aus den gezeichneten Figuren auf den Skizzen noch nicht realisierter Städte und uns, die wir die Skizzen betrachten, besteht. Die Figuren sind in harmonischer Ordnung auf einem Platz verteilt, der glänzt, als sei er eingeölt oder aus Glas gefertigt. Es ist eine erfolgreiche Familie, die dereinst sowohl die noch nicht errichtete Stadt als auch die unsere zur Gänze beherrschen wird.

Vermessen

In Berlin kann man an einzelnen Wänden, die, wenn auch undeutlich, noch immer die Spur des im Krieg zerstörten Nachbarhauses tragen, genau ablesen, bis wohin das Zimmer reichte und wo die Mauer zwischen den Zimmern begann. Als könne die Skizze des ehemaligen Wohnraums alles ersetzen, was seither zerstört wurde, genügt der Aufriss, um die Geschichte einer Behausung und ihrer Bewohner wenigstens in Teilen zu erzählen. Doch betrachtete ein Kind die Wand, vor der ich gerade stehe, könnte es die zarte Linie, statt sie als Vertikale zu interpretieren, für den Grundriss halten, was hieße, dass sich die frühere Wohnung in die Höhe statt in die Breite ausgedehnt und die Familie, die dort einst gelebt, eine andere Seinsdimension als die offiziell gültige gewählt hätte. Dafür wurde sie dann auch mit der Zerstörung ihres ganzen Lebens bestraft.

Zäsur

In vielen Berliner Häusern fällt mir ein ungewöhnliches Detail im Dekor auf. In fast jedem Treppenhaus stoße ich auf eine Linie, die ungefähr in Hüfthöhe die Wand zerschneidet, während ich hinauf- oder hinuntergehe. Gewöhnlich ist es eine elegante, farblich abgesetzte Holzleiste. Das wiederholt sich im Innern der Wohnungen. Überall Bordüren, die die Höhe des Raumes in zwei Hälften teilen, so wie jeder Vers vorgelesen eine Pause verlangt. Ich denke, das hängt auch mit der menschlichen Anatomie zusammen; wo in unserem Organismus das Zwerchfell sitzt, erscheint auf der Wandfläche das schmale Leistchen, ein geometrisches Pausenzeichen, die Grenzlinie des Fegefeuers, die das ganze Inkarnat meines Zimmers in Oben und Unten teilt, erhaben und irdisch, überhöht und erniedrigt, denn nicht einmal in der Geschichte einer profanen Wand gibt es Gerechtigkeit, so wenig wie in der Geschichte der Menschheit.

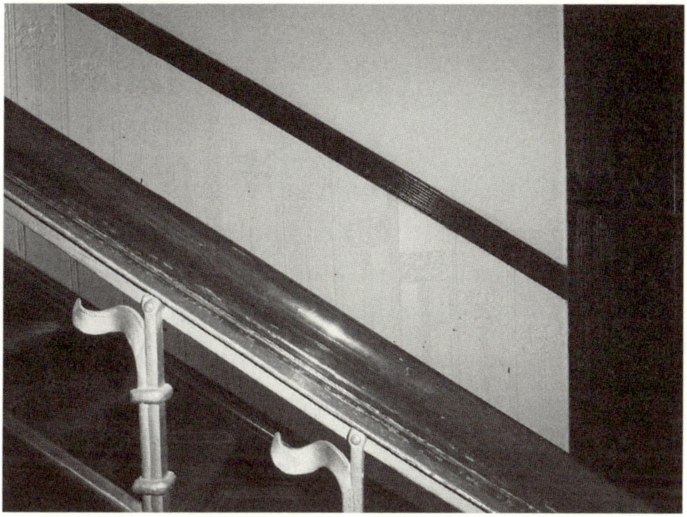

Ungerechtigkeit der Perspektive

Die Hintertreppe wird nicht mehr benutzt. In Gebrauch war sie, als man noch Bedienstete hatte und Waren über sie geliefert wurden. Auch die Meister der verschiedenen Gewerke nahmen diesen Weg, etwa die Schornsteinfeger. Die Tür zu unserer Hintertreppe in Berlin ist mit einer Kette verhängt. Es gibt keine Dienstboten mehr, und die Gauner der diversen Dienstleistungsberufe benutzen den Haupteingang. Einmal entfernte ich die bewusste Kette, um festzustellen, was sich in dem vernachlässigten Aufgang von der Vergangenheit erhalten hat, und fand nichts, nur einen neuen Blickwinkel, aus dem ich unser Haus gleichsam aus »höfischer« Perspektive betrachten konnte. Was dabei half, dem Haus, in dem wir wohnen, sein bisheriges charakteristisches Aussehen zu rauben und es fremd wirken lassen.

Seit jeher beschäftigt mich die Frage, warum ich unsere Wohnung nicht wie eine fremde Wohnung sehen kann. Voller Geheimnisse wie die Wohnungen anderer Leute, unserer Nachbarn und Bekannten. In den unzugänglichen Ecken jener Räume, die nur auf den ersten Blick unseren eigenen gleichen, wähnte ich die größten Geheimnisse des städtischen Lebens und ein ganzes Kompendium der Zivilisation des zwanzigsten Jahrhunderts verborgen. Deswegen fände ich auch unsere Berliner Wohnung aus der Perspektive der Wohnung unserer russischen Nachbarn oder des Büros daneben viel interessanter. Jetzt wird mir klar, dass allein der Perspektivismus die Kommunion mit der Welt ermöglicht. Der in Betracht zieht, was im fremden, nicht im eigenen Auge liegt. Allein dem Perspektivist erhellt sich für einen Moment die Andersartigkeit. Nur so gewinne ich den verzerrten Anblick bekannter Erscheinungen, das deformierte Aufmaß einer notorischen Geometrie.

Manchmal drucken Zeitungen die Fotografie einer Straße verkehrt herum, so dass sie wie ein auf links gewendeter Hemdsärmel in einer irrealen Perspektive erscheint und selbst von den Anwohnern nicht erkannt wird. Daran sieht man, dass jeder Winkel unseres Raums doppeldeutig ist, was sich mit einem gewöhnlichen Spiegel beweisen lässt. Ich erinnere mich, wie ich als Kind vom Bettchen aus in dem Spiegel im Flur einen Gast sah, der sowohl in unsere verkehrte Wohnung als auch in ein Zimmer trat, das nur im Spiegel existierte.

Wir haben kaum Spiegel in unserer Berliner Wohnung, und so kann ich nur raten, wie viele verkehrte, zweideutige Blickwinkel in ihrem gewohnten Erscheinungsbild liegen. Ich will auf die Berechtigung der Spiegelvariante und des auf links gedrehten Ärmels hinaus, ohne die die Bühne unseres Lebens nicht sein kann. Darstellungen des Sehvorgangs erkennen an, dass die Bilder in unserem Auge zuerst auf dem Kopf stehen. Erst das Bewusstsein ist die Berufungsinstanz, die das Vorurteil korrigiert und positiv entscheidet. Man muss, wie es aussieht, eher Skizzen, Schemen und verkürzten Darstellungen glauben als dem, was sich unmittelbar abspielt. Denn Schematisten reduzieren das Geschehen auf die bestmögliche Variante, selbst wenn diese ganz unmöglich wäre. Lehrbilder zur Rettung von Ertrinkenden und dergleichen belegen zur Genüge, dass sich menschliches Leben nur auf Lehrbildern korrekt entwickelt. Sie sind das Testament für die Zukunft einer Rasse, die sich nicht an solche Ratschläge hält.

Durchgang

Vielleicht kommt es mich noch mal teuer zu stehen, dass ich so oft in fremde Wohnungen gucke, aber wie sollte man ohne hinzuschauen eine Geschichte, egal über was, schreiben?! Gerade entdecke ich bei den Nachbarn auf der gegenüberliegenden Straßenseite etwas Interessantes; jemand hat sämtliche Zimmertüren aufgerissen, aber von uns aus sehe ich nicht die Räume, sondern nur das Licht, das von der anderen Seite, von der Spree und dem Norden der Welt herüberdringt. Das könnte für jeden Bewohner unserer Zivilisation, der glaubt, er sei in dieser Zivilisation daheim, zur Bescheidenheitsübung werden, denn wie sich zeigt, ist das vermeintliche Daheim ein Durchgangszimmer und unser ganzes Leben so durchschaubar wie im Apparat des Herrn Röntgen. Vieles in unserem Leben ist so eingerichtet, dass die Orte, an denen wir uns aufhalten, in Wirklichkeit Durchgänge, Dielen, Passagen sind und auf unbekannte Wege führen.

Vorwort

Ich bin bereit, eine provisorische Doktrin der Diele und des Aufenthalts in Dielen sowie die Lehre, die wir daraus ziehen, vorzutragen. In der Diele gibt es, wie ich seit meiner Kindheit weiß, ein unerklärliches Gerät zum Aufhängen von Mänteln, aus Hirschgeweih, befestigt in einem flachen, offenen Schrank. Dazu kommt ein Spiegel. Die ganze Einrichtung erinnert an die jagdliche Vergangenheit der menschlichen Gattung, ans Magazinieren als Praxis des zwanzigsten Jahrhunderts und ans Aufhübschen.

Ich sehe, wie meine Mutter im Halbdunkel der Diele einen Blick in den Spiegel wirft, Papa greift über ihre Schulter nach seinem Hut, der auf Geweihenden hängt, und als wir, die wir im Begriff sind, zu spät zu einer Übung der Feuerwehr zu kommen, an der Tür stehen, da fällt mir auf, welches Chaos wir hinterlassen, das Chaos unseres Seins. An diesen durcheinandergewürfelten Dingen lässt sich womöglich unser ganzer Inhalt ablesen; demnach könnten wir das ganze Leben in der Diele verbringen, ohne einen Blick in die übrigen

Räume zu werfen. Früher stand im Flur wie in jedem Wartezimmer ein Tischchen für teils uralte Illustrierte, in denen jedoch präzise unbekannte Personen beschrieben sind, die in Dielen und Wartezimmern sitzen und Zeitschriften lesen. Die Artikel sind mit gutem Grund auf die Beschreibung von Menschen ausgerichtet, die gedämpft reden, beinah flüstern, und nebenbei Illustrierte durchblättern, die vor allem zerlesen sind und deren Beiträge uralt, aber keineswegs überholt sind. Damit ist, wie ein Philosoph bereits anmerkte, zugleich gesagt, dass der Zeitschriftenleser an sich eine veraltete Erscheinung ist. Und dass für den Aufenthalt auf Erden ein Raum nach Art der Diele genügt. Denn wer dort sitzt, hofft noch, das rettende Behandlungszimmer oder das Büro des Lektoratsleiters im Verlag betreten zu dürfen, und übersieht, dass der größte Teil seiner Zeit bereits mit dem Lesen der Zeitschrift verbraucht wurde. In der außer der Beschreibung des Sitzens im Wartezimmer wenig steht. Wobei dieses Warten sehr schön besprochen wird. Als säße man am Ufer eines Sees oder im Wald auf einer Lichtung. Denn die Wartezeit verstreicht im Wartezimmer angenehmer mit schönen Bildern von der Natur, und deswegen tragen uns diese Bilder dorthin. Das ist weit besser, als wenn man sich in der Landschaft selbst aufhält, die in echt doch immer ihre natürlichen Unzulänglichkeiten hat. Und diese Unzulänglichkeiten fehlen der Abbildung gänzlich. Die gleichen Landschaftsbilder hängen auch an den Wänden des Wartezimmers. Sie stellen eine Natur dar, die es nur auf diesen Abbildungen und nirgendwo sonst gibt. Berge, Seen und Eisenbahnschienen. So wie für Grundschüler sämtliche Verkehrsmittel, Hautfarben und Jahreszeiten gleichzeitig dargestellt werden. Schiffe, Flugzeuge und Chinesen. Schnee, Sonne und herbstlicher Matsch. Deswegen behaupte ich, das Leben in der Diele müsste einem anständigen Menschen genügen. Als Kurzfassung, wie sie englischen Ausgaben immer vorangestellt wird und aus der der intelligente Leser auf den Inhalt schließen kann, ohne das Werk lesen zu müssen. Und als Vorwort zu einem Buch, auf das sich das Leben vieler Menschen reduziert.

Philosophie des Korridors

Einst gab es Atlanten des menschlichen Körpers, Schicht für Schicht bebildert. Die erste Seite zeigt das unversehrte Ganze, die weiteren entfernen systematisch die Haut, ziehen sich in die Lunge zurück, bis wir unmerklich in der menschlichen Höhle abtauchen. Aber Mamas Hand schiebt sich stets vor dem letzten Blatt dazwischen, denn dort offenbart sich das Innere von Mamas Bauch und die winzige Leibesfrucht, die in ihm verweilt. Entsprechend enthüllt der Korridor einer Altbauwohnung die letzten Geheimnisse der bürgerlichen Anatomie, in deren Zeichen wir auf der Erde hausen. Auch unsere Berliner Wohnung hat einen Weg in die Tiefe, einen langen Flur, der das Zimmer zur Straße hin mit den übrigen Räumen verbindet, die auf den Hof gehen. Das bringt mich zu der Frage, ob ein solcher Korridor nur dazu dient, meinen Erinnerungen eine bestimmte Richtung zu geben. Denn obwohl waagerecht gebaut, führt er geradewegs in den Pariser Untergrund, er atmet den Jux der Halbwelt. Ein billiger Geruch nach Leben und die Dialekte der Vorstadt hängen in der Luft und an den Wänden zweifelhafte Drucke, die aus den Zimmern verbannt wurden. Denn im Korridor brennt nur eine sehr schwache Glühbirne, was einen genauen Blick auf die Schande verhindert. Und im Kämmerlein nebenan wohnt das Hausmädchen, die Lehrerin eines kleinen Mannes im Alter von sieben Jahren. Sie näht ihm abgerissene Hemdknöpfe wieder an, enthüllt nebenbei die Komplexität der weiblichen Anatomie und gibt eine Einführung in weibliche Kleidungsstücke. Der neugierige Mann dieses Alters kann sich so über das Feld der Galanteriewaren informieren, die Kunst des Gynäkologen und die Entropie und entdeckt die unerhörte Bibliothek kleiner Klappbilderbücher, den Wahlschwestern männlicher Atlanten, die auf den letzten Seiten das Leben zwischen Mann und Frau in voller Aktivität zeigen. Das Hausmädchen besitzt Sächelchen, von deren Existenz wir nichts wussten, etwa die Figur eines Geistlichen, aus dessen Soutane ein gewaltiges Glied hervorkommt, wenn man an einem Faden zieht. Das Jungvolk aus den Dörfern rings um Belgrad oder Magdeburg beleuchtet eine Schicht der bürgerlichen Kultur und deren Eigenheiten sehr genau. Ohne diese Wesen hätten wir weder die Literatur eines Paul de Kock noch die Geschehnisse im Leben eines Fantômas kennengelernt. In den Händen dieser Lehrerinnen öffnete sich das erste Geschichtsalbum, das einst in Neuruppin, einem kleinen Ort im Berliner Umland, ausgearbeitet wurde. Auf dessen Seiten standen die Schicksale ermordeter französischer Präsidenten und blutrünstiger Londoner Giftmörderinnen nebeneinander. Jene unter uns, die Hunderte von Seiten über großstädtische Passagen exzerpierten, müssten zugeben, dass ihr erster Durchgang dieser Art der Korridor in der Wohnung ihrer Kindheit war.

Der Flur ist eine innere Passage, gebaut für die Bedürfnisse einer einzigen Wohnung, aber dennoch bildet er das allgemeine Tempo der ganzen Stadt und die Dinge ab, die in der Stadt am interessantesten sind. Einbauschränke verweisen auf die Art, nach der Modesalons und kleine Läden in Passagen untergebracht sind, die Tür zum Badezimmer steht für die Eingänge von Friseuren und Nagelstudios. Schließlich, am Ende des Spaliers, das Abenteuerlust, Kolportage und das lustige Schwarzmarkthändlerleben aufreiht, riecht man die Küche, die über das von draußen geholte Gemüse von allem erzählt, was sich unter den

Glasdächern der Markthallen ereignet. Der Korridor ist der Ort, an dem man, warum auch immer, am ehesten die verzerrten Stimmen aus den Nachbarwohnungen hört, die der Puffer der Wände in übernatürliche Wesen und Krüppel verwandelt; der Dichter Miodrag Pavlović hat sie als Erster poetisch gewürdigt. Ich denke, dass ein Stadtkind auf dem Weg durch den langen Flur der elterlichen Wohnung den Stimmen der Zwerge lauscht, sich Inhalte vorstellt, die es noch nicht kennt, eine Inszenierung mit Fakiren und Zauberern in geheimnisvollen Nischen, wo sich heimlich eine Lostrommel dreht und Neurastheniker Opium rauchen. Hinter den Wänden des Korridors bezeichnet ein unergründliches, halluzinatorisches Walpurgis-Kolloquium die faustische Ordnung der Apotheken, Zahnarztpraxen, Lotterieverkäufer, Optiker und Krawattenhersteller, kleinen Geschäfte, die Prothesen, Gipsverbände und Schlankheitsgürtel anbieten und in deren Auslage Gipsköpfe stehen, bei denen man alle Sinnesorgane herausnehmen kann. Es gibt auch ein Gefach mit mechanischem Klavier, ein großes Instrument, eingesperrt in einen Schrank, in dem ein Mädchen wahrscheinlich in zwei Teile zersägt wird. Später kommt sie gesund und munter hinter dem Vorhang hervor und verkündet, sie sei glücklich und sie sei Ungarin.

Ich merke, dass Sinn und Motiv des Korridors durch meine Ausführungen veralten und zum Lamento übers Altern in Berlin werden. Einst half er der Initiation auf die Sprünge, danach vervielfältigten sich die Bedeutungen, die den gesamten Kosmos des Bürgertums umfassten. Heute ist seine Rolle als Versteck für verliebte Schornsteinfeger und Büglerinnen, als moralisches Fegefeuer und Zwischenakt zweier häuslicher Ereignisse Geschichte. Ich sehe ihn inzwischen als große Zäsur, als Menopause Europas, das seiner Funktion der Fruchtbarkeit müde ist. Im Flur geschah fast alles, was geschehen konnte, auch in kontinentalen Dimensionen, denn er ähnelt seiner Anlage nach dem mütterlichen Engpass, dem Uterus. Der Flur ist ein Sammler, seine Kollektion ist sein Inhalt, und dieses Buch erschöpft sich vielleicht in der gigantischen Aufzählung dieses Inhalts. Dessen Dichte verhindert bis heute, dass man den Korridor, der wie jede Passage an manchen Tagen nicht begehbar ist, zur Gänze durchdringt.

Brüder / Schwestern

Zwei der Bretter an der Wand meines Zimmers halten sich für eng verwandt, als wären sie aus demselben Baum geschnitten, in dem sie sich seit unvordenklichen Zeiten bei der Hand gehalten hätten. Falsch. Als würden sich zwei Soldaten einer Kompanie für Brüder erklären, weil sie in etwa gleich groß sind. Trotz unterschiedlicher Abstammung wollen mir zwei Bretter ihre Resolution über Freiheit, Gleichheit, Brüderlichkeit und ihre Unabhängigkeitserklärung vom Rest der Welt vortragen. Vielleicht verändert dieses Beispiel waldlichen Denkens mein bisheriges Wissen über den Stammbaum des Lebens; zwei hölzerne Lebewesen überzeugen mich gerade, dass sie dieselbe Buche ihre Mutter nennen und nicht das eine aus besserem Haus, das andere jedoch niederer Herkunft ist. Dafür sorgt der Tod, der sie nach Art des Nichtseienden rechtmäßig unter demselben Leichentuch vereint. Wobei ein verstorbenes Brett gegenüber menschlichen Toten den Vorteil hat, sich selbst der Sarg zu sein, in dem sein kleines Schicksal begraben wird.

Winkel

Als mein Aufenthalt in europäischen Wohnungen, zu denen auch diese hier in Berlin zählt, seinen Anfang nahm, hatte der Zwischenraum in Kastenfenstern seine beste Zeit wohl schon hinter sich und wurde kraft einer unbekannten Tektonik plötzlich so zusammengepresst, dass er heute beinahe zweidimensional ist. Früher mochte es ein eigenes, wenngleich extrem schmales Zimmer gewesen sein. In ihm herrschten der Geist von Enge und Eingesperrtsein, der Usus des Unangepassten sowie dumpfe Hoffnungslosigkeit. Denn die Fensterflügel behindern sich gegenseitig, wenn sie gleichzeitig geöffnet werden; das ergibt ein einziges Gedränge. Dort kann man sich ohnehin nur eine lang gezogene, platte Existenz vorstellen, das fleischgewordene Zerrbild eines konkaven Zirkusspiegels. Meiner Meinung nach kann man sich diesen Hiatus des Universums, das Refugium des Irrationalen in der strengen Gebrauchsfertigkeit der Wohnung anders und glücklicher denken. Ein zehn Zentimeter breites Brett zwischen Fensterflügeln war Sitz der Phantome meiner Kindheit, die mir heute noch in meiner Berliner Wohnung Besuche abstatten. Meine Großmutter nähte aus breiten, mit Spitze besetzten Samtstreifen hübsche Kissen; die legte sie in dieses Gemach. Offiziell sollten die langen Polster die kalte Zugluft draußen halten, inoffiziell dienten sie unbekannten Wesen, die dort Quartier bezogen, als Nachtlager. Natürlich waren das seltsame, wie von Grandville gezeichnete Gestalten. Sie allein hätten die genaue Geschichte der Provinz und deren wahre Bestimmung erzählen können.

Die klaustrophobischen Zwischenräume, von denen ich gerade rede, haben weder die Strahlkraft noch die Berühmtheit der Passagen und anderer versteckter Gänge in den Städten. Keiner streift durch sie, nichts steht hier zum Verkauf, es gibt weder Menschen- noch Ideenströme, eher ähneln sie aseptischen Einzelzellen und dem stillen Universum der Wissenschaften. Sie können nicht mit ruhmreichen Beispielen aus der Vergangenheit aufwarten, denn dafür fehlt jeder Beweis. Wobei noch die aussichtsloseste, unbedeutendste Vergangenheit etwas zu erzählen hat, sobald man genauer hinschaut, selbst wenn es nur eine Geschichte über das Scheitern und die Leere ist. Ich breche eine Lanze für diesen Zwischenraum, den keiner einbezieht und der praktisch keine Rechte hat. Und in den sich meine Meditation und mein nervenschwaches Traktat jetzt zurückziehen.

Kenner der Anspielungen

Früher gab es ein Spielzeug, das auf derselben Oberfläche zwei Schicksale in parallelen Abschnitten zeigte. Von rechts sah man einen Cowboy auf einem Pferd reiten, von links setzt ein Indianer zum Überfall an. Wir mussten uns nur entscheiden, was wir warum sehen wollten. Das lenkte schon früh meine Aufmerksamkeit auf die Ambivalenz der Weltsicht, als wäre die Geschichte von Karl Popper und nicht von mir. Sie ist der Ort für die Überlegung, ob dem Leben philosophische Bedeutung zukommt. Solche Ideen müssen sich in Zukunft vorsehen, denn die Welt braucht sie nicht. Gerade betrachte ich einen Ausschnitt des Hofs durch die Schlitze der Jalousie. Als sei mein Augapfel das gepellte Ei, das in ein Küchengerät gelegt und von dessen gespannten Drähten in gleichmäßige Scheiben geschnitten wird. Ich ertappe mich dabei, wie ich die zerschnittene Wand gegenüber anhand älterer Erfahrungen neu zusammensetze. Dann ziehe ich die Jalousie hoch, das Puzzle ist gelegt. Aber die Wand auf der anderen Seite behält ihre Narben, sie leuchten in meinem Auge nach.

Kleine Geometrie der bürgerlichen Klasse

Die Affenhand unseres slawisch-germanischen Vorfahren, die in den Wäldern um das heutige Berlin aufs Geäst eines wilden Apfelbaums eindrosch, diese Hand schuf den Hebel, mit dem sich heute, in meiner Berliner Wohnung, das hoch über der Speisekammer angebrachte Fenster von ferne öffnen lässt. So bahnte sich auch meine Großmutter überwiegend mit dem Ellbogen den Weg, wenn sie uns das Frühstück brachte. Woraus sich eine ganze Poetik der Klinke entwickeln ließe, deren Rolle inzwischen unter all den neuen Mechanismen zum Öffnen von Türen unter ferner liefen rangiert.

Ich sage mir selbst, dass in unseren Bewegungen viel Vermitteltes liegt und das Hantieren mit Hebeln unerwartet etwas Geometrisches ins alltägliche Hantieren bringt. Nach demselben System erleichtert sich der Architekt auf seinem Schreibtisch das Zeichnen paralleler Linien. Ihm verdanken wir im Zuge der Durchbrüche für die großen Boulevards eine kreative Begleiterscheinung, die Parallelität der Straßen und ihre wechselseitig doppeldeutige Lage. Als hätte man ein Spiegelsystem verwendet, mittels dessen ein Korpus, unwesentlich verändert, von hier nach dort verschoben wird. Die Parallelität der Straßen suggeriert mir, mein Leben werfe irgendwo in nächster Nähe einen Schatten. So gewinne ich ständig den Eindruck, einer, der mir ähnelt, folge mir.

Manchmal werden Farbbilder in Tageszeitungen nicht ganz sauber gedruckt und die vier Farben sind leicht gegeneinander verschoben. Dadurch erhält ein Gesicht, Gegenstand oder eine Landschaft unverhofft einen Schatten und eine innere Parallelität. Die Geburtsstunde gleichlaufender Straßen fällt vielleicht nicht zufällig mit den ersten Anfängen der Psychoanalyse zusammen, der Wissenschaft von der Ordnung des Unterschiedlichen. Die Parallelität der Straßen zeigt die Gegenläufigkeit unserer Straße, von der wir glauben, alles sei am richtigen Fleck. Aber das gilt für keine einzige Straße, eine jede ist lediglich die verkehrte Ansicht einer anderen, einer Parallelstraße. Die Gedanken der Parallelstraßen bekriegen sich in Albträumen und paranoiden Schüben. Ich fragte Bekannte, ob sie auch ein komisches Gefühl haben, wenn sie durch eine Parallelstraße gehen, denken, es sei die gesuchte, und erst später merken, dass sie lediglich parallel dazu verläuft. Die meisten empfahlen mir, einen Neurologen zu konsultieren. Später befragte ich auch einen Neurologen, und der räumte sofort ein, das Gefühl sei ihm seit seiner Studienzeit vertraut. Und es sei nicht nur nicht verschwunden, sondern mit den Jahren immer stärker geworden. Vor allem, wenn er nach einer Krankheit wieder vor die Tür komme, sei er nie ganz sicher, ob er dieselbe Straße wie zuvor betrete. Der Doktor meinte, in jedem von uns stecke ein Quantum Unbekanntes, das jeder Ort, jede Straße, jedes Zimmer im menschlichen Bewusstsein hat. Dieses Quantum nehme ab, je häufiger ein Ort frequentiert werde, bis es fast gänzlich verschwunden sei. Doch sobald wegen einer Erkrankung oder Reise eine Unterbrechung eintrete, schimmere durch die restlos bekannte Umgebung die angenehme Unbehaglichkeit, die nur vergessenem Wissen eigen sei. Das dann in leicht veränderter Form ins Bewusstsein zurückkehre.

Das alles rührt daher, dass ich meinen eigenen Raum aus dem Raum der Welt herauslösen will. Dem mein Raum durchaus ähnelt, wenn auch nicht ganz und vollständig, vielmehr kann er ihm höchstens parallel sein. Meine Parallelstraße, die an der Zwangsvorstellung leidet, es gäbe eine zweite, ihr ähnliche Straße, entdeckt das auch in meinem Namen.

Euklid, Parkettleger

Die Stimmen von Weißbindern und Parkettlegern, die zum Zweck ihrer Arbeit ein Zimmer ausräumen, klingen immer wie die Stimmen der Bewohner einer anderen Galaxie. Es ist ihnen in Fleisch und Blut übergegangen, sich lautstark brüllend zu verständigen, denn damit erklingt die Musik des Arbeitermilieus; dazu muss man den Effekt einrechnen, den das Reden im Leeren hat, weil das Proletariat leider im Leeren redet. Allgemein gesprochen begann ich mit der Erforschung der bürgerlichen Galaxie zu einem Zeitpunkt, als sich deren Bewohner großer Teile des Hausrats, der schweren Dekostoffe und ganzer Berge von Zimmerpflanzen, die hervorragend zu einem Ballett von Rimski-Korsakow gepasst hätten, entledigten und anständige Menschen nicht länger die Bademäntel chinesischer Kaiser trugen. Die Vermessung des Halls in einem für die Renovierung leer geräumten Zimmer verleiht der Arbeit an meiner kurzen Geschichte der Bourgeoisie größere Legitimation. Die Bürgerlichen gehen zur Seite, damit die Arbeiter ihre Wohnung renovieren können, und die Arbeiter brüllen bei der Arbeit im Leeren. Das ist mein Beitrag zur Soziologie der Tätigkeit von Weißbindern und Parkettlegern. Deren Plackerei zwecks Erneuerung des bürgerlichen Raums liefert diesem Bürgertum ein Thema, eins mehr in der Masse unserer klassischen Neurosen. Denn dem Parkettleger fällt nicht einmal auf, dass er brüllt, wenn er seinen Helfer in den Flur schickt, um den Hobel zu holen. Es fällt aber sehr wohl dem Inhaber der Wohnung auf, der zufällig vorbeikommt, es fällt auch dessen Sohn auf, der sich in Vorbereitung seiner späteren Schriftstellerexistenz den veränderten Hall merkt. Einen Hall, den es vor der Hobelei nicht gegeben hatte.

Parkett wurde in den Wohnungen des zwanzigsten Jahrhunderts nach einem festen Schema verlegt, die Brettchen sind wie Fischgräten angeordnet, verlaufen schräg von einer gedachten Wirbelsäule weg. Das ist gleichsam die Anatomie des Parketts, und sie ist langlebig. Denn kommt der Handwerker, kniet sich hin und zieht mit einer Klinge eine dünne Schicht ab, bleibt das Fischgrätenmuster davon unbeeindruckt erhalten. Mit wahnwitzigen Bewegungen und unglaublicher Kraft häuft er hinter sich lockige Späne an, göttliche Strähnen eines eichenen Epheben. Bald ist das ganze Zimmer mit einer goldfarbenen Schicht überzogen, als hätte ein Barbier einem hübschen hölzernen Riesenknaben die Haare geschnitten. Diese Männer verstehen ihr Handwerk, der am Boden ebenso wie der hoch oben auf der Leiter. Würden beide ihre Arbeit gleichzeitig verrichten, könnten sie ein Dramolett zwischen Unterschicht und Herrenklasse aufführen. Ihr Blickfeld bleibt den offiziellen Bewohnern des Zimmers verwehrt, denn was der Parkettleger, der unten herumkriecht, und sein Kollege, der die Decke streicht, zu Gesicht bekommen, sehen meine Mitbewohner nicht, es sei denn, sie würden sich wie Irre aufführen und über den Boden robben oder auf Tische und Schränke klettern. Die Arbeiter haben ein anderes Bild der Dinge im Dienst der Geometrie, das uns verwehrt bleibt. Denn unser Gesichtsfeld ist eng umgrenzt, alles andere können wir uns nur ungläubig vorstellen.

Vor langer Zeit hat ein Maler des Surrealismus die Wasseroberfläche als Parkett beschrieben. Ein Parkettleger richtet seine Brettchen wie der Gott des Meeres aus, der dem Wasser Struktur verlieh, die Ordnung der Wellen. Daran muss ich heute denken, während das Berliner Parkett unter meinen Schritten quietscht, als würde Jesus übers Wasser gehen, das unter seinen Sohlen gluckst. Das sind alles Anspielungen auf viele geheime Vorhaben, die durch die Wohnungen unserer bürgerlichen Kindheit strömten. Die Spuren der Winkelzüge reichten bis ins Gitterbettchen und offenbarten die Irreführung, mit der sich unsere Gesellschaft gegen die Kinderseele verschwor. Der Verteidigung dieser Seele dient die Meeresoberfläche der Welt, deren Geräusche die Gedanken und Ideen der Erwachsenen, das unklare Fundament des Lebens und die beängstigende Masse ihrer Pläne verraten.

Verkehrte Geschichte

In den Zimmerecken, die der Besen der Putzfrau nicht erreicht, lagert sich die Geschichte unseres Planeten ab. Ein Kind, das sich dorthin, in die Winkel, begibt, wird, sofern es gerecht zugeht, zeigen, dass man von dieser Anhöhe das ganze Leben betrachten kann. So wie es in der Zimmermitte problemlos auf Abgründe verweisen kann, das saturnische Resultat der Sauberkeit. Jetzt sehe ich mich, wie ich als Kind auf dem Teppichrand balancierte und zwischen Webkante und Parkett ein Abgrund zu klaffen schien. Weil das Zimmer dieses Jahrhunderts angelegt ist wie ein Relief, das auf ein Außerhalb verweist und belegt, dass aus unserer Perspektive keine Ebene existiert, sondern alles in den hügeligen Landschaften der Geschichte spielt. In der viele herausgehobene Punkte auf Anhöhen liegen, als würde jemand ohne Vorwarnung auf einen Stuhl steigen. Was ein Beispiel für die dummen, grundlosen Akte ist, aus denen die Geschichte besteht.

Geteiltes Zimmer

Ich muss an ein Bild aus der Zeit des Mauerbaus denken, das ich in einer ostdeutschen Zeitschrift sah. Die Mauer strebte langsam, aber unaufhaltsam in die Höhe; Maurer setzten gleichmütig einen Stein auf den anderen, und am Bildrand stand ein Mann, der dadurch eingemauert und eingesperrt wurde, auf Zehenspitzen, um noch einmal über die wachsende Barriere zu schauen. Wie wenn einer den Kopf über Wasser halten will, bevor er untergeht. Danach war es aus, die Mauer überragte die menschliche Augenhöhe.

Ich überlege, was geschähe, wenn einer mitten durchs Zimmer eine Kordel spannen und eine Decke darüber werfen, mich also ebenfalls gewissermaßen einmauern würde. Der Einfall entspricht der Praxis vieler armer Menschen, die, oft unter schlimmen Umständen als mittellose Vertriebene, aus einem einzigen zwei Räume machen wollen. Daraus ziehe ich meine Lehre: In unserem früheren Leben waren Zimmer geteilt. Und entsprach dem nicht der Aufenthalt im geteilten

Berlin, ein Zimmer, durch dessen Mitte jemand eine Kordel gespannt und eine Decke darübergeworfen hatte, eine Mauer, die das Schicksal der Menschen halbierte? Wie hätte ich wohl in meiner Zimmerhälfte gelebt, hinter Kordel und Decke als interner Absperrung? Wie kann man überhaupt damit einverstanden sein, sich in einem aus unerfindlichen Gründen geteilten Raum aufzuhalten, obwohl dadurch die eigene körperliche Konstitution halbiert ist?

Himmel

Die, deren Leben in den niedrigen Zimmern des Sozialismus verlief, werden nie erfahren, was sich in dem Luftabschnitt befindet, der ihnen fehlte und in den bürgerlichen Wohnungen mit ihren hohen Decken über den Köpfen der Menschen schwebt. Mit dem ein Stück Natur ins Zuhause tritt, das ein Gespräch über persönliche Eigenschaften anzettelt und über Gepflogenheiten, die nicht nur den Menschen gehören. Woraus ich erneut schließe, dass neben mir, in unmittelbarer Umgebung der Menschenwesen, ein Überschuss existiert, der der Fantasie und unauffälliger Beobachtung überlassen ist. Da sammelt sich immer was auf der Anhöhe und über dem Schicksal unserer Familie, auf dem obersten Brett der Zeit, dem Blick verborgen wie der Kosmos, der Erkenntnis entzogen wie das Weltall ganz allgemein. Versenkt im Aquarium des häuslichen Raums, kämpft unser Leben ständig um ein Plätzchen an der Oberfläche, wie in einem Goldfischglas. Oben treten die Bläschen unseres Atems in die höhere Ebene der Welt aus und malen unter dem nächsthöheren Stockwerk Stuckaturen und Blumengirlanden hin. Dort residieren kleine Nachtelemente, Falter und Engel, himmlische Galeeren rudern auf der kompakten Hochsee von einem Ende zum anderen, und der Augenblick wird kommen, in dem unter den Deckenwölkchen Leonardos Flugapparat erscheint. In unzähligen Winkeln unserer Belgrader Kindheit und unseres Berliner Altwerdens hausen wohl Gespenster, vom Sein für uns maßgeschneidert, doch keiner wagt es, den Kopf zu heben und dort oben, in der luxuriösen Tonnage des Nichts, hinter das Geheimnis unserer Levitationen und der allgemeinen Himmelsmechanik zu dringen.

Ansichtssache

Ich habe nichts mit meiner Brille. Das behaupte ich manchmal, wenn ich mir über ihren Rand hinweg selbst ein Bild der Welt mache. Es ist, als hätte mir der Optiker aus der Kantstraße die zu meiner eigenen ganz konträre Sicht eines urzeitlichen Tiers verkauft. Insofern sieht die Kuppel des Charlottenburger Schlosses für mich anders aus als für meine Brille. Die geschliffenen Gläser dürften das Schloss nach alter Gewohnheit so erblicken, wie es wohl früher war. Nämlich viel größer als es, bedingt durch die historische Entwicklung, die heutigen Ausmaße hergeben. So leben und schauen meine Brille und ich nebeneinander her, jeder von seinem eigenen Standpunkt aus.

Bernstein

Das Haus, in dem meine Berliner Wohnung liegt, wirft unbeirrt seit über hundert Jahren seinen Schatten; der ist über viele Veränderungen, Kriegswirren und Jahreszeiten hinweg die beständige Resultante aus Licht und der Wand, hinter der ich lebe. Man ahnt das halbdunkle Geschöpf mehr, als dass man es sieht, zwei Meter jenseits der Fassade, ein dämmriges Wesen, Gegenstand zugeknöpfter Gedanken, sehr verschlossen. Es ist, finde ich, näherer Betrachtung wert, dieses Phänomen, das Chamissos Held verloren hat und das nichtsdestoweniger existiert. Ich bin sogar überzeugt, diese Persönlichkeit verdämmerter Gräue würde, sollte mein Berliner Zuhause einstürzen, weiterhin ihr Eigenleben führen. Gut möglich, dass ich während meines langen hiesigen Aufenthaltes über dies und das geschrieben habe, was es gar nicht wert war, während sie alle Voraussetzungen mitbrachte, ohne je in den Fokus zu rücken. Wo doch klar ist, dass das, was im Leben wirklich wichtig ist, nie im Fokus steht, während das, was sich auf Schritt und Tritt aufdrängt, keine Aufmerksamkeit verdient! Die Weltläufte führen in ihrem Tempo das am wenigsten Verdienstvolle heran, deswegen wird das Schattensubjekt meines Hauses völlig vernachlässigt und bis heute unterschätzt. Dabei ist es so gefasst und ruht in seiner bernsteinfarbenen Durchsichtigkeit, ohne hinauszuposaunen, dass erst sein Geist der Straße ihren sonst ungreifbaren Klang verleiht. Denn das Wesen des Schattens ist Fülle, ein Aquarium ozeanischer Eigenarten, urtümliches Wasser, umfassende Innerlichkeit, Leben in der Flasche. Dem Einzelnen lässt er auf seinem Gebiet keinen Raum – Staubkörnchen schweben nur im von der Sonne beschienenen Feld –, hier, in seiner synthetischen Verdichtung, hat nur das Wichtigste Platz: selbstreflexive, lupenreine Schattenheit. Der Schatten bewahrt seine Beschränktheit und achtet seine Grenzen, gestrichelt vom Gespür der Sonne für Geometrie. In Absprache mit Archimedes darf er sich zurückziehen, wird aber an anderer Stelle als unverwüstliche dunkle Lichtmeduse und allumfassendes innerliches Wissensquantum wieder vorspringen.

Fotograf

Eine unsichtbare Hand, die weiter oben im Haus ein Fenster öffnet, schickt uns, die wir in den Niederungen der unteren Stockwerke wohnen, ein mittelbares Bild des Lichts, das eigentlich nur in höheren Sphären scheint; so erweitert sich unser Wissen von den Verhältnissen und Ordnungen des Himmelreichs. Als hätte es geblitzt, woraufhin die Aufnahme entwickelt wird. Deswegen vermute ich, dass ein Fotograf die Fensteröffnung inszeniert hat. Auf der Aufnahme selbst erkennt man indessen nichts, nur blitzende Lichtflecken, die zum Rand hin verlaufen, und offenbar ist das Fenster des Unbekannten weiter oben im Haus nur eine Folie, um von einer Fotografie zu erzählen, die sich einen Augenblick später auflöst.

Untermieter

Ich weiß nicht, ob die Russen die Erfindung von den Deutschen übernommen haben oder umgekehrt, aber in Russland haben manche Fenster wie hier in Berlin zusätzlich ein kleineres »Fensterchen«, die Fortotschka. Es ist gleichsam ein Untermieter im Hauptfenster, das dadurch mehr als ein Fenster ist und zu einer Art Fensterhaus mit eigenem Fenster wird. Was uns annehmen lässt, dass das Leben eines Fensters viel inhaltsreicher ist, als wir es vom gemeinen Fensterleben erwarten würden. Denn das Unterfenster, das normalerweise im äußeren oberen Eckchen eines Fensterflügels eingebaut ist, trägt jetzt die ganze Fensterphilosophie, seine Moral, seine Hausordnung. Menschen glauben, was sie herstellen, bliebe ewig so, wie sie es hergestellt haben, aber die Dinge entziehen sich ihrer Bestimmung und sind imstande, etwas anderes zu werden als das, was sie ursprünglich sein sollten.

Mommsenstraße

Anthologie

Für mich ist die hofseitige Fassade des Nachbarhauses Ecke Mommsen- und Schlüterstraße wie ein altes Familienalbum voller Daguerreotypien. Dabei fällt mir auf, dass viele Ereignisse und Szenen keinen besonderen Bezug zu den Fenstern haben, in denen sie erscheinen – und so ist mir, als guckte ich durch in Pappendeckel geschnittene Löcher, deren Ränder ins schwärmerische Sepia unserer europäischen Vergangenheit changieren. In einer der Wandöffnungen glaube ich beispielsweise das Zimmer meiner Tante mitsamt dem über Regale und Marmortischchen verteilten Nippes in der slawonischen Kleinstadt Nova Gradiška zu sehen. Wie im Kuriositätenkabinett scheint sie sich, obwohl vor langer Zeit verschieden, in ihrer Epoche zu bewegen. Das hell erleuchtete Fenster darüber enthält eine andere Szene aus meiner Vergangenheit, die im Haus eines Kapitäns spielt, in dessen Esszimmer das Modell eines prächtigen Dampfers stand, das ich mir all die Jahre meiner Kindheit erfolglos gewünscht habe. Ein weiteres Guckloch in der Wand versetzt mich in meine eigene Vergangenheit, der Moment liegt über fünfzig Jahre zurück. Mein Vater läuft durchs Zimmer, meine Mutter ist da und auch ich selbst, der ich mich zwischen den beiden Menschen zu behaupten versuche, indem ich in ihrem Streit und den alltäglichen Missverständnissen vermittele. Für mich ist die Hofseite des Nachbarhauses eine Anthologie der gelungensten Kapitel meiner Abstecher in die Vergangenheit, in die ich gelegentlich Texte einfüge, die ich dort nicht lesen konnte, aber gern lesen wollte.

Alkoven

Kurze Zeit hatte ich eine große Wohnung in der Freiligrathstraße; zwei der Zimmer waren mit einem Durchbruch verbunden. Einmal, als ich von einem Raum in den anderen schaute, fielen mir unzählige Nuancen auf, die das Weiß der Wände ausschließlich dank wechselnder Neigungswinkel annahm. Dann merkte ich, wie aktiv die Schatten waren, was sich in leichten Verschiebungen äußerte; eine weiße Fläche maß sich mit einer anderen, etwas helleren, denn es gibt kein Weiß, das nicht von einem weißeren Weiß übertrumpft werden könnte.

So umreiße ich den Raum meines Lebens; er unterscheidet sich in Schattierungen, geringfügigen Abweichungen, die mich von allen Seiten umgeben. Gäbe es sie nicht, mir wäre überhaupt nicht aufgefallen, dass das Zimmer hinter dem Bogen eine selbstständige Existenz hat, ich hätte die hintere Wand für die Wand des Zimmers gehalten, in dem ich damals saß. Das zeigt mir, wie sehr die Schatten zur Wahrhaftigkeit meiner Umgebung beitragen, sie sind kein negativer Punkt in der Wissenschaft vom Licht, im Gegenteil. Ohne Schatten wäre ein Raum zweidimensional wie eine Zeichnung, weswegen sich Zeichner ihrer so ausgiebig bedienen; sie wollen anderen weismachen, ihre Zeichnungen seien keine Zeichnungen, sondern hätten Tiefe, wenn auch nur eine vorgetäuschte. Denn Zeichnen ist die Angewohnheit, sich etwas vorzustellen, was es im ungezeichneten Zustand nicht gibt.

Daher beschreibe ich mein Zimmer in der Freiligrathstraße ausschließlich mit beinah unsichtbaren Weißnuancen. Mein Leben in Berlin oder an anderen Orten ist auch eher unscheinbar, und das hilft mir bei der Beschreibung von Dingen, die nur oberflächlich mit mir zu tun haben. Ich könnte ins andere Zimmer gehen und von dort aus das Zimmer betrachten, in dem ich mich gerade befinde. Vielleicht würde sich das Geschehen wiederholen, vielleicht kann ich das andere Zimmer nur dank der Schatten sehen, die mir als eine Art Kompass dienen. Damit ist die dritte Dimension entdeckt, die aus einer Zeichnung ein Ding, einen Gegenstand macht. Ohne sie wäre ich nichts als eine Bleistiftskizze auf einem Stück Papier. Was ich vielleicht auch bin.

Gezeichnetes Nichts

Berliner Mauern sind voller Schatten, die nicht von Gegenständen geworfen werden; die Flecken verraten nur, dass es in dieser Stadt Dinge gab, die heute nicht mehr sind, aber da und dort eine lichte Spur hinterließen. So folge ich Orten, an denen einst ein zerstörtes Gebäude stand oder sich ein Gebäudeteil an den heute entleerten Raum lehnte. So gesehen haben die Berliner Schatten ihren Anlass überlebt, so wie die ganze Stadt mit den ganzen Gespenstern der Vergangenheit ihre Geschichte überlebt hat. Aus ihr berichte ich über ein Thema, jedoch ohne den festen Standpunkt, der mir erlauben würde, das Thema zu dokumentieren. Denn die Beschäftigung mit Schatten obliegt dem Metaphysiker, vielleicht sogar dem Gaukler. Schließlich steckt in meiner Sprache im Wort für Gaukler, *opsenar*, das Wort für Schatten, *senka*, und hält somit in der Wortwurzel die Voraussetzung für Trugbilder bereit: Verschattung. Ich verstehe nicht genug von Geometrie, um über die Eigenschaften des Raums zu schreiben, aber ich weiß, dass definitiv zweidimensionale Phänomene wie eine flache Buchseite in Verbindung mit Licht innere Abgründe hervorbringen, die damit an Stellen klaffen, wo sie keinerlei Berechtigung haben und völlig fehl am Platz sind. Aber wo gehört die Geometrie hin? Oder ich selbst, der ich nicht einmal Geometrie beherrsche?

Laden

Die Wohnung der hiesigen Concierge, der Hauswartin unseres Lebens, ähnelt vielen Wohnungen in der Nachbarschaft und ist doch wieder anders. Schon in der Kindheit habe ich die Rolle einer Concierge nicht ganz begriffen. Neben der Hauptbeschäftigung – aus dem Fensterchen gucken, das ins Treppenhaus geht – hat sie vermutlich weitere Aufgaben, die ich nicht mitbekomme. Ich glaube, gelegentlich weiß sie selbst nicht, welche Rolle sie spielt. So wie auch uns, den übrigen Menschen, unsere Rolle – Mensch sein – häufig entgleitet. Mama hat mir nie erlaubt, in die verglaste Erdgeschosswohnung zu gehen. Später erst konnte ich mir die Anordnung der Dinge in dem dämmrigen Raum erschließen. Als hätte jeder in dem trüben Vorbau unseres Lebens ein paar überzählige Gegenstände abgestellt, und die Stühle oder die mit irgendwas gefüllten Schränke und Truhen warteten nun auf ihre Verladung. Die ganze unklare Anordnung glich einem Speicherhaus *en miniature*. In dem sich gelegentlich ein Hafenkran Plunder greift und in ein hochseetüchtiges Schiff umsetzt. Deswegen achtet die Concierge nicht weiter auf ihr Eigentum, sondern wohnt überwiegend in der kleinen Auslage davor, wie ein Kapitän auf großer Fahrt, der sehen muss, was vor ihm passiert, also meistens ins Leere schaut, ohne sonderliche Sorge um die Ladung irgendwo in der Tiefe. Unsere Concierge ist vielleicht eine heimliche Händlerin. Sie hat ständig Kundschaft, Postboten, Lieferanten, manchmal auch Geheimpolizei. Manchmal benimmt sie sich wie eine Beamtin am Schalter einer wichtigen Behörde. Vielleicht gehen schicksalhafte Briefe durch ihre Hände, kostbare Reisepässe oder Wertpapiere. Sie könnte auch eine fragwürdige Figur sein, die unterm Tisch unverzollte Zigaretten verhökert. Stets redet sie sehr laut, denn die kommerzielle Basis des Ladens ist Indiskretion, und in den ununterscheidbaren Päckchen steckt Schändliches, das in den oberen Stockwerken vorgefallen ist. Die Hauswartin hat sowieso die Schlüssel zu allen Wohnungen, sie hängen an einem speziellen Brett. Die Dame hat uns so gesehen in der Hand, irgendwann verkauft sie uns. Denn das Brett mit unseren Schlüsseln erinnert stark an sein Gegenstück in einem Stundenhotel. Und die Schlüssel sehen aus wie Tombolalose, die dank gut lesbarer

Zahlen jeden Liebhaber des Lasters von der Straße locken. Jetzt verstehe ich die Verteilung der Häuser in der Stadt, die Lage der gläsernen Vorbauten in jedem dieser Häuser, die Schlüsselbretter, die in jedem dieser Aufsichtspavillons hängen. Ohne unser Wissen wohnen wir in einem globalen Freudenhaus, und wenn wir es herausfinden, ist es zu spät.

Mosschuchin

Ich beobachte das Leben einer Familie, das sich hinter den Fenstern einer Wohnung im Hinterhaus entwickelt. Mir ist schon klar, dass es Russen sind. Denn der Vater greift sich beim Reden oft ans Herz, und dasselbe tun die Töchter, besonders die ältere. Das Herz ist für Russen ein starkes Argument, das zeigt sich im Alltag dieser Familie und, stärker noch, als ein Gast mit Fellmütze auftaucht. Das muss auch ein Russe sein, denn er setzt die Mütze sofort ab und bekreuzigt sich. Er hat ein großes Paket dabei. Der Vater meiner Familie wirft die Arme hoch, schwungvoll wie Mosschuchin. Also Sie, die Sie in Nischni Nowgorod wie Vieh leben, bringen uns Geschenke mit! Obwohl, wie Sie sehen, leben wir in Berlin auch wie Vieh! Die Töchter brechen in Tränen aus, weil ihnen jetzt ihre verstorbene Mutter einfällt. Dann weint der Gast, der zuvor die Fellmütze aufhatte, mit. Jetzt weinen eine Zeit lang, hinter dem Fenster, im Hinterhaus in Berlin, alle. Schließlich fängt sich der Vater als Erster und wischt die Tränen mit dem Unterarm weg. Er öffnet das Geschenk und wirft sofort wieder die Arme in die Luft, wieder wie der oben genannte Schauspieler alter Schule. Ist das schön, mein Guter, mein lieber Freund! So fließt das Gespräch dahin, hinter dem Fenster, im Hinterhaus, in Berlin. Eine sehr russische Konversation, in Teilen theatralisch. Aus den Auftritten hinter den geschlossenen Fenstern einer russischen Wohnung in Berlin lese ich für mich Bedeutung und Mittel heraus, mit denen Filme gedreht wurden, als sie noch stumm waren und ohne jeden Kommentar auskamen. Russen brauchen keine Übersetzung, wenn sie reden, denn sie bringen die Gestik mit auf die Welt, die einst der große Schauspieler Mosschuchin nutzte. Der wiederum am liebsten verkrachte Existenzen am Rand des Abgrunds spielte. Höflich, wenn auch unglücklich, sehr aufmerksam, wenn auch mitunter total betrunken. Der russische Leib des Russen, der kann alles sehr gut zeigen, ohne ein einziges Wort. Als befände sich hinter den geschlossenen Fenstern einer jeden Wohnung, hier in Berlin, eine Bühne. Der Stummfilm hat etwas aus dem Leben gegriffen, das die Menschen in den Städten führen und das dem Dasein gleicht, so es durchs geschlossene Fenster betrachtet wird. Er gibt den ganzen Lärm menschlicher Auseinandersetzungen, Wut und Trauer wieder, reduziert auf Armarbeit und Tränen, die ins Auge treten. So ist in zwei, drei Jahrzehnten Stummfilm eine Praxis komprimiert, die bis heute fortdauert, in den Städten unserer Zivilisation. Und was selbst hier, in Berlin, von dieser Zivilisation übrig ist.

PRÜFER

Raubtierkäfig

Erst als unlängst der Lift in unserem Haus den Dienst versagte und ich zu Fuß gehen musste, fiel mir das schmächtige Drahtgitter auf, das die Aufzugsanlage umschließt. Derlei existiert sonst nur bei Käfigen für Raubtiere und den Laufgängen, durch die selbige in die Zirkusarena gelangen. Unsere Aufzugsanlage hatte demnach etwas Wildes an sich, das den Unvorsichtigen zermalmen konnte wie ein Elefantenfuß. Jetzt herrscht im Treppenhaus Ruhe, denn die Bestie, die eben noch lautstark fauchte, hat sich krank irgendwo zwischen den Geschossen verkrochen und verreckt in aller Stille. Das irre Auf-und-Ab-Laufen hat aufgehört, wie es uns nur ein nervöser Tiger vorexerzieren kann. Sein wehes Herz denkt nicht mehr an die Savanne des Industrieviertels, in dem er geboren wurde. Raubtiere wissen, wann sie ihr Maul nicht mehr aufreißen sollten, nicht einmal gegenüber der neugierigen Menge im Zirkusrund.

Zu diesem Bild trug auch der Chor der Küken bei, das ist lange her. Wir quetschten uns in eine winzige Aufzugskabine und quietschten dabei wie die bunten Himmelskinder, ob Papageien mit ihren witzigen Plappermäulern oder Finken mit ihren sanften Äugelein. Der riesige Schwarm aus dem Vogelreich war es, der in der ersten Hälfte dieses Jahrhunderts den Kinderstaat bildete, und überall, auch in der Voliere um den Aufzug, sorgte er für den Lärm der Menschlichkeit, der später in Vergessenheit geriet.

Die Stille in unserem Teil der Stadtnatur hielt eine Weile vor, dann reiste eine gefährliche Truppe an, Dompteure, Assistenzveterinäre und Tierpfleger mit Leitern und Lassos und einem Riesengeschrei, wie das eben so ist, wenn Menschen mit Tieren arbeiten. Einige zwängten sich durch den engen Käfig im Herzen unseres Hauses nach oben. Als suchten sie einen verwundeten Bären, der weiterschläft, obwohl draußen längst Frühling ist. Im ganzen Haus hallt es von den geschickten Männern wider, Kinder, Alte und Kranke werden vorübergehend ferngehalten, bis der Zwischenfall im Zirkus gelöst und der Zaun im Tiergarten, hinter dem der bengalische Tiger wohnt, ausgebessert ist. Die Arbeiten neigen sich dem Ende zu, also wird unser Zoo wohl bald wieder für das Publikum geöffnet haben.

Punische Kriege

Die historische Aufarbeitung des Hausputzes steht noch aus. Lange fragte ich mich, ob nicht selbst der ausführlichsten Geschichte des zwanzigsten Jahrhunderts etwas fehle. Dann begriff ich, es sind die Vorgänge, die sich jeden Samstag im Stockwerk unter mir wiederholen, wenn die Putzfrau der Nachbarin Eimer, Besen und Lappen holt und der Wahnsinn unverzüglich seinen Lauf nimmt, eine unbegreiflich rigide Besatzung, ein Schlachtgetümmel ohne Unterlass. Als wolle diese Person aufholen, was unsere europäische Tradition bislang versäumte, reproduziere aber fürs Erste das bereits Erreichte, eine eigene Version des Nationalkonvents, des Gemetzels auf dem Platz in Sankt Petersburg 1905. Sämtliche Gewaltorgien der Geschichte leben beim Möbelrücken, Fensterschlagen und dem unfassbaren Redeschwall auf, denn während der Arbeit diskutiert die Frau mit der Hausherrin und improvisiert über das Thema Spinnwebe in Ecken. Verschiedene Ereignisse dieses Jahrhunderts sind also miteinander verwandt, zusammengepfercht auf die Fläche einer Fünfzimmerwohnung, die gleichsam komplett in Flammen steht, als wäre in unserer Mommsenstraße ein Privatvesuv wiedererwacht, als wäre in dieser samstagnachmittäglichen Stunde die Pest wieder da. Es wirft mich auf Vorfälle in der eigenen Familie zurück; dort herrschte früher ebenfalls in regelmäßigen, wöchentlichen Intervallen der Ausnahmezustand und eindeutiger Wahnsinn. Schon damals fragte ich mich, ob ein paar geputzte Fenster die Infragestellung unserer gesamten Existenz aufwiegen, die mit einer erbarmungslosen Destabilisierung des ganzen Lebens einhergeht. Denn eine Putzfrau kann genauso viel anrichten wie die Politische Polizei bei einer Hausdurchsuchung, sie zerstört, was ihr in die Hände fällt; meine liebsten Sachen, ob Kinderbuch oder Schaukelpferd, stapelt die Walpurgistänzerin in der Mitte des Zimmers, als wolle sie den Haufen gleich anzünden. Wenn gar unsere unglücklichen Besitztümer unter alten Lumpen und Zeitungspapier verschwinden, weil das Kalken der Wände ansteht, ist niemals ganz sicher, ob sich alles, was uns gehörte, nach Abschluss der Reinigungsarbeiten an demselben Ort befindet wie zuvor. Denn diese Diva im grünen Kittel deckt das schwere Mobiliar nur ab, um uns über unser unangefochtenes Eigentum zu demütigen. In der Philosophie des Saubermachens schwingt ein Revanchismus der Klasse mit, die alles hinwegfegt und mit der täglichen Putzpraxis eine Mahnung von historischer Tragweite übermittelt. Es ist, als hätte ein geheimes Revolutionskomitee, bevor es Bomben in Bussen detonieren lässt, der Putzfrau den Besen geschickt, um durch Säuberungen die wichtigsten Ziele der Gruppe öffentlich bekannt zu machen. Nur gelingt der große Wurf nicht so leicht, wenn dafür Bücherschränke voll problematischen Materials verrückt werden müssen. Für diese Aufgabe bringt die Putzfrau stets ihren Bruder mit. Der Bruder ist austauschbar, denn ihre Familie, das ist die ganze Welt. Ein Soziologe sagte dazu, meine reaktionäre Gesinnung übersteige jedes Maß. Es ist meine Meinung, was das Putzen und die Putzfrau als Institution betrifft. Für mich steckt in der Doktrin von der Sauberkeit höchste Korrosionskraft, die nicht nur meine Klasse, sondern den gesamten Kontinent gefährdet. Man darf nicht wegen einiger Staubkörner die Stabilität des ganzen Lebens riskieren. Und eben das hätte im Manifest der Putzfrauen gestanden, hätten sie es in marxscher Manier geschrieben.

Nachträglich zusammengestellt

Frau H. aus der Bank am Olivaer Platz erinnert mich an einen Fortsetzungsroman; ich gehe einmal pro Woche hin und treffe sie jedes Mal so wieder an, wie ich sie verlassen habe, sie sitzt am Schalter hinter Telefonen und Rechnungen. Manchmal denke ich, sie bestehe aus ihrem Oberkörper, den ich sehen kann und der für alles Übrige den Sockel bildet. Das gilt auch für den sympathischen jungen Mann mit Brille und Fliege, der sich nie von seinem Kassiererstuhl erhebt. Wenn ich dort eintrete, kann der Roman weitergehen; ich nehme an, der Plot ist sehr einfach und bleibt innerhalb der Bank. Was am Olivaer Platz existiert, existiert nur in meiner Vorstellung; der Ort ist auf diese Vorstellung eingestellt; wer dort arbeitet, will in der Vorstellung seines Kunden auftreten, und darüber verstreicht sein Leben. Das Sein des Bankangestellten gehört zu den am wenigsten existenten unserer Zivilisation, denn es zeigt, dass die Welt nur funktioniert, wenn sie im fremden Blick stattfindet, wie schon Schopenhauer sinngemäß anmerkte. Was sonst könnte

Frau H. und den jungen Mann mit der Fliege dazu bringen, stets in derselben Haltung an derselben Stelle zu sitzen, wenn nicht, dass sie konstitutive Bestandteile des Bildes in meinem Auge sind, ein Bild, das die Arbeit einer Bank zeigt, in Fortsetzungen. Denn selbst die eingeführteste Bank kann nicht ununterbrochen für jeden Einzelnen da sein, sondern immer nur in den Bruchteilen der Zeit, in denen er dort ist. So beteilige ich mich an der Lektüre eines Fortsetzungsromans, der das Leben einer Handvoll sympathischer Menschen beschreibt, angestellt in einer Bank. Jetzt, da ich mir nach mehreren Monaten frühere Folgen durch den Kopf gehen lasse, verstehe ich den Inhalt, kleinteilig erzählt; trotz der scheinbaren Zerrissenheit gelingt es mir, die bisherigen Abschnitte zu einem Ganzen zu verbinden. Obwohl ich etliche Folgen ausgelassen oder übersehen habe.

Dann streift mich der Gedanke, dass auch mein Leben in Berlin nur eine Vorstellung ist. Dass nur das Denken einer mir unbekannten Person von meinem Leben in Berlin darauf schließt, dass es mich vorstellt. Offenbar arbeite ich auch in einer Berliner Bank des Lebens und alles, was mir widerfährt, ist nur ein Fortsetzungsroman, der auf dieses Berliner Bankleben abhebt. Die Szene in der Bank färbt unvermeidlich mein Leben außerhalb dieses Ortes ein. Es ist genauso beschränkt, gediegen und geordnet wie die Schritte zwischen zwei Tagesschaltern und das Gespräch darüber. Und doch kann es in diesen kleinen Dimensionen alles enthalten, was ein Menschenleben ausmacht.

Astronomie

Als man mir das Medikament ins Auge träufelte, musste ich, ohne zu blinzeln, in die kleine Öffnung am Ende der Pipette starren, aus der die gefährliche Kugel Flüssigkeit direkt in meinen Augapfel abgefeuert wurde. Die Pipette wurde umso größer, je näher sie meinem Gesicht kam; ich konnte das Röhrchen erkennen, das sich nach oben hin verlor, und den Gummisauger, der auf den Druck von Mutters Fingern wartete. So verwandelte ich mich in einen kleinen Ptolemäus, der ins Weltall schaut, in einen Kinder-Galilei, dem die Erforschung der kosmischen Gesetzmäßigkeiten dieser Tortur zufällt. Seitdem begleite ich kleine Fliegen, unklare Punkte, Miniatur-Medusen, die sich vor meinen Augen tummeln. Sie gehen eigene Wege, wie das Mikroorganismen und verirrte Kometen eben an sich haben; ich halte das Gewusel und sein plötzliches Ausbleiben fest, notiere die Veränderungen und Unregelmäßigkeiten meiner privaten Astronomie. Fachleute würden sagen, es kommt von Kristallen, die im weichen Gewebe meiner Augen eingelagert wurden, ich indessen habe ein Recht auf einen subjektiven Ton für meine Entdeckungen zu dieser Himmelsmechanik, deren einziger Autor und Beobachter ich bin. Derartige Rechte erstrecken sich auf vieles, was in meinem Leben geschieht und ausschließlich mir gehört. So öffne ich jetzt im Zuge jener wunderlichen Vermessung meiner Wohnung, mit der ich die Anordnung der Räume ermitteln will, das Fenster im Badezimmer. Dort begegnen sich zwei völlig konträre Welten, heiße und kalte Zivilisation krachen an den Rändern der Fensteröffnung ineinander. Alles, was dahinter liegt, tanzt vor meinen Augen, die Nachbarwand im Hof beginnt wie während der amerikanischen Bombardements zu schmelzen, und die hübschen jungen Frauen im Büro gegenüber zerrinnen zu einer Emulsion. Selbst das Glas quillt an den Stellen auf, an denen sich bei der Herstellung Knubbel gebildet haben. Das ist der Buckel, den André Gides Briefträger bekam, als er ihn durch eine solcherart verformte Scheibe betrachtete. Ich frage mich, ob dergleichen die Menschheit seit jeher begleitet oder erst jetzt, in diesem Jahrhundert und diesem besonderen Segment dieses Jahrhunderts, zum Thema wird. Denn nur in ihm bildete sich der einigermaßen verrückte

Überschuss an Freizeit heraus und der Fluch eines Lebens im eigenen Zimmer. Die kleinen Planeten, Staubasteroiden und Einzeller, die mein Auge heute entdeckt, sind Produkte einer innerlichen Wissenschaft im Schoß von Spleens, Dekadenz und der tiefen städtischen Melancholie. Hamlet hätte beobachten können, was in seinem Auge geschah, das ebenfalls voller Kristalle war. Er tat es nicht. Unsere hamletschen Sätze wurden zunächst mit den Abläufen des erbarmungslosen Lebens in der Stadt angereichert, um anschließend ins Mikroklima der Einzelzimmer und die Zellstruktur innerhäuslicher Meditation umzuschlagen. Daran haben die Skandinavier und natürlich die Russen ihren Anteil. Von ihnen stammen die Nachdenklichkeit und das Wühlen in der eigenen Vergangenheit, und zwar sogar in der, die noch nicht stattgefunden hat. Sind wir die Väter unserer Kinder? Wann fahren wir in die Hauptstadt? Wer kauft unser Landgut? Wie kann ich meinen Mann lieben, obwohl er Bürgermeister ist? Wo, in welchem Geschäft, kann man das Glück der Menschen kaufen?

Solche Fragen stellt der Europäer seit über hundert Jahren, auf einer ländlichen Wiese, in den Korbsessel geflätzt, versonnen in die verräterische

Frühlingsluft voller Trugbilder blickend. Und dann durch eine Fensterscheibe irgendwo in Stockholm, Belgrad oder Odessa. Meine Berliner Fenster sind voll von solchen Dingen. Durch sie beobachte ich den Verfall der Nachbarmauer, hervorgerufen von der Veränderung der Lufttemperatur und dem Riss im Hinterhaus, der auf eine Kerbe im Fensterglas zurückgeht. Verschiedene Elemente verbinden sich also irregulär, wenn sie über den Rechenschieber dieser Linie im Fenster gleiten. Die Krücke meiner Betrachtungen, zerbrochen im Gewässer der Welt.

Babylonische Bibliothek

Einst liebte ich die in Schokoladenschächtelchen eingelegten Heftchen sehr, nur zwei Blatt stark, eher Buchdeckel zu einem nicht existenten Werk, inklusive Seidenbändchen zum Zubinden, wie bei *Anna Karenina.* Die Miniaturausgaben enthielten eine kurze Geschichte der Schokolade sowie eine Chronik der Firma, die sie herstellte. Dazu kam eine Zeichnung der Fabrikanlage, 1884 gegründet, aus dem Nichts aufgebaut; schau an, was daraus geworden ist! Ähnlich aufgemacht waren zahlreiche Zettel über die Herkunft, Gebrauch und Reißfestigkeit von Seidenstrümpfen, die in eben geöffneten Päckchen mit Mamas Einkäufen steckten. Ich begann, diese Literatur zu verfolgen, die sich an kleine Personen richtete, denn die Ausgaben waren mit kleinen Schriftgraden gedruckt, und um darin zu blättern, musste man winzige Hände haben. Spezielle Schriftrollen schlangen sich um Arzneifläschchen. Auch hier war der Text schwer lesbar, ein günstiger Umstand, denn er enthielt lauter Hinweise, warum man das Medikament nicht nehmen solle. Dann wurde die Bibliografie immer länger. Sie umfasste Eisenbahnbillets, besonders wertvoll, wenn der Schaffner den Karton mit seiner Spezialzange an zwei Punkten durchlöchert hatte. Benjamin hätte die dunklen Heftchen im Nähkasten ergänzt, in denen die Mutter ihre Nadeln aufbewahrte. In dieselbe Kategorie gehören die runden Metallplättchen mit Zahlen, die beim Roulette gesetzt werden und ihrerseits Garderobenmarken imitieren. Eintrittskarten fürs Kino hatten besonderen Wert, denn sie mussten an einem Ende abgerissen werden, und wo das geschah, blieb eine Spur zurück, Spitzen am Markenrand. Wenn nach Bradburys Vernichtung alles Schriftlichen nichts außer diesen Dingen übrig wäre – sie würden die Chronik der untergegangenen Zivilisation hinreichend schmücken. Denn schon jetzt, noch während es Bücher gibt, sehe ich in ihnen das Unterpfand meiner Doktorarbeit, einen Auszug aus der eigenen Dissertation, Fundament einer Bibliothek, die die Zerstörung der Bibliothek von Babylon und einen Brand in Sarajevo wettmacht.

Poststation

In dieser Wohnung, meiner Berliner Wohnung, gibt es einen kleinen Apparat fürs Gas, ein dickbauchiges Gerät, zu dem ein Schlauch führt und von dem der gleiche Schlauch irgendwohin weiterführt. Der Apparat hat eine Zählvorrichtung und oben einen Hebel, mit dem sich vermutlich der Betrieb ausschalten lässt. Ich nehme an, dass das Gerät dazu dient, den Durchlauf festzuhalten, weiter nichts. Von Zeit zu Zeit lege ich den Hebel auf die entgegengesetzte Seite. Das erinnert mich daran, dass es in meiner Kindheit auch so was gab – einen unerklärlichen Apparat mit Zählwerk und Hebel. Mama erklärte, ich dürfe den Hebel um nichts in der Welt anfassen, sonst würde eine schreckliche Katastrophe geschehen. Schon damals zweifelte ich an einer Zivilisation, die durch das Umlegen eines gewöhnlichen Hebels vernichtet werden kann. Anständiger wäre es, das Gas in Ruhe fließen zu lassen, statt es über dünne Schläuche durch ein Zählwerk zu zwängen, so wie sich die Nutzer der Pariser Metro durch ein Gatter zwängen müssen, das klackend den Durchfluss an

Menschen registriert. Unsere Erfinder haben in einer solchen Dichte Kontrollpunkte eingerichtet, wie man sie sonst wohl nur in der russischen Steppe bei den Stationen zum Wechseln der Pferde antrifft. Es gibt Strom- und Wasserzähler, Geräte, die Verbräuche messen, winzige Schreibstuben, in denen uns Ziffern mit ihrem nervösen Umspringen ähnlich den Zählwerken von Glücksspielautomaten zeigen, woran wir sind. Was soll tun, wer das nicht wissen mag? Die meisten Menschen wollen keine Veränderung und interessieren sich nicht sonderlich dafür, was morgen sein könnte. Doch mein Gaszähler duldet keinen Stillstand, sondern tickt unaufhörlich dem allgemeinen Untergang entgegen. Denn irgendwann werden sich alle Zählwerke nullen und das totale Zählen erfüllen, auf dem dieses Zeitalter ruht. Dann wird die Lage der Menschheit endgültig obsolet und ihre Zeit auf Erden endet.

Schachtel

Jeder von uns hat ein Ersatzhaus, ein kleines Versteck, in das der Postbote täglich Nachrichten aus dem Rest der Welt einwirft. Eine Beschreibung dieser allegorischen Wohnung mit allen Einzelheiten ist unabdingbar. Ihr Türchen bildet den Eingang zu unseren Gemächern weiter oben genauestens ab; es gibt sogar eine kleine Öffnung, durch die man nachsehen kann, ob einer zu Hause ist. Das Schild an der Zwerghütte trägt denselben Namen wie das an unserer eigenen Tür. Nur die Fußmatte fehlt, denn die Geister, die hier verkehren, gehen barfuß. Sind sie zu Hause, schweigen sie wie viele Subjekte unserer Zivilisation, die während der letzten hundert Jahre in ihrer Amtsstube saßen.

Das Leben im Briefkasten entspricht exakt dem Leben eines Beamten zu Beginn unseres Jahrhunderts in Prag, Sankt Petersburg oder Belgrad. Seine triste Abkapselung und sein stilles Elend. Seine Neigung zu lesen, bei schwachem Tageslicht, weil die Rechnungen für die Beleuchtung nicht bezahlt wurden. Was kann ein Bewohner dieses Miniaturpostamtes anderes tun, als Postkarten zu verschicken und über das Leben zu schreiben, das in seinem Kasten zerrinnt? So wie Tschechow, denn dieser Schriftsteller versetzt einen stets in unerklärliche Verzückung, selbst wenn das Leben in die Dimensionen eines Briefkastens gezwängt wird. Nebst ständigem Gezwitscher. Genauso sieht ein Vogelhäuschen aus, unsere Schmuckschatulle und die Urne, in der das Beste von uns begraben ist. Deswegen zeitigt der Aufenthalt im Briefkasten neue Beschreibungen meiner Persönlichkeit, die mir bis zu einem gewissen Grad unbekannt ist. Deren Autor sind andere. Sie beschreiben das Geheimnis meiner Existenz und Einzelheiten, die ich anders nicht zu fassen bekäme. Große Anteile meines Lebens stehen in diesem Nachrichtenpavillon und der kleinen Sprechzelle, in der mich unverwechselbare Aufrufe erreichen. Ohne dieses Versteck würde mein Leben unklar und unerklärt bleiben, so aber bekommt es eine lose Chronologie und eine respektable Geschichte. Da steht alles geschrieben, was mir noch widerfahren könnte, und dazu Korrekturen meiner Jahrbücher, die ich allein für mich im Lauf der Zeit äußerst nachlässig zusammenstellte. Es ist eine buchhalterisch durchgeführte Rechnung, in der viele Ziffern unverständlich sind, das Endergebnis jedoch ist belastbar und richtig. Jetzt sehe ich, dass mein Leben in fremden Händen liegt und diese Hände jedes Recht darauf haben.

Der Briefkasten ist der geistreichste Teil der Wohnung, denn in den übrigen Räumen, die riesig sind und überschätzt werden, gibt es viel mehr leere Materie als in dieser beengten Schachtel, in die kaum meine Schuhe hineinpassen. Das Häuschen scheint eine Verdichtung aller übrigen Wohnungsteile zu sein, eingedampft auf bescheidene Dimensionen und Ausmaße, die für ein Leben genügen. Denn in ihm wird statt der ausufernden Existenz der Gehalt und statt des unfasslichen Albtraums des täglichen Zählens die Summe verwahrt.

Trias, Jura, Kreide

Papas Anzug – das schließe ich aus den vielen Innentaschen und Geheimfächern, deren Verteilung ich nicht auf Anhieb verstand – folgte dem Prinzip einer Brieftasche. Das bezieht sich alles auf eine Zeit, die für die heute weitgehend vernachlässigten Taschen noch Verwendung hatte. In den dreißiger Jahren trug ein anständiger Mann stets, verteilt auf diese gut durchdachten Gefache, die Ausrüstung für mehrere Tage bei sich: Geld, Papiere, Schlüssel und ein kleines Taschenmesser zur Verteidigung. Als wäre Vaters Leben mit einer Mappe voller Stoff- oder Tapetenproben gefüttert gewesen. Als wäre sein Fleisch mit Seinsmustern tapeziert gewesen, wie ich sie noch heute an den Berliner Litfaßsäulen sehe. Einen Mann jener Jahre hätte man wie Gestein auf Schichtsilikate abtasten können. Etwas von diesem Betragen bröckelt und fällt ab, hinter den kleinen Manschettenzaun, hinunter in den Hosenaufschlag. In dem sammelt sich der städtische Unrat, der feine Todesstaub. Deswegen wirken die Menschen auf zeitgenössischen Fotografien dicker als sie waren. Wenn man alles hinzunimmt, gehörten zur Konstitution meines Vaters ein winziges Bankkontor, eine Polizeischreibstube und eine städtische Wachtmeisterei. Das war in unserer Kultur die Aussteuer des Mannes, der heute völlig entwaffnet ist. Dem Mann in seiner jetzigen Ausgabe verbleibt das Recht, Schecks zu unterschreiben und sich mit einer lächerlichen Metallplakette auszuweisen; meine Zeitgenossen sind wie Nacktschnecken, die ihre Häuser einer inzwischen ausgestorbenen Vorgängerart von Einsiedlerkrebsen überlassen haben. Ich stöbere im Abgelebten, dem sang- und klanglos verschwundenen Schicksal, wie in einer Geldbörse, die einer verloren hat. Sie enthält nichts von Wert, denn die Währung wechselte seither mehrfach, und die Fotos zeigen mir unbekannte Personen. Das Zettelchen, auf dem sich jemand 1927 eine Verabredung notierte, ist nicht mehr aktuell. Und die schwarze Haarlocke kann ich mir auch nicht erklären, in unserer Familie waren alle blond.

Der Baum im Zeitalter seiner technischen Reproduzierbarkeit

Die Gewölbe der U-Bahnhöfe sehen nicht wie Gewölbe von U-Bahnhöfen aus, manche imitieren ein Schwimmbad, andere ein Krankenhaus, wieder andere die Börse oder die Nationalbibliothek, je nach Geräuschkulisse, Ereignisdichte und Material, aus dem die Station gebaut ist. So leben wir in einer Kette von Allegorien, jede Erscheinung ist lediglich der lyrische Ausdruck von etwas anderem, zitiert in einem besonderen Sinn. In der Natur geschieht etwas Vergleichbares, da jeder Baum einem Baum ähnelt und mit dem, was in ihm als Urbaum angelegt ist, auf den anderen Baum anspielt. Denn auch der Stadtbaum überlebt nur dank der technischen Reproduktion des Baums, der regelmäßig in der Natur gepflanzt wird. Meine Kastanie in der Mommsenstraße ist der grafische Abdruck einer anderen Kastanie in der Freiheit Berliner Wälder. Im besten Fall ist der Park eine Art Herbarium, ein großformatiges Verzeichnis, in das einzelne Exemplare der Botanik des Planeten eingeklebt sind, nach einem Plan, den sich die Botanik niemals selbst ausgedacht hat. Im Park bin ich Schüler des Naturkundeunterrichts, kein von den Schulvorschriften befreiter Spaziergänger. Überhaupt verbringe ich den größten Teil meines Lebens so, dass ich nicht am Leben teilnehme, sondern in der vordersten Bank sitze, die mir das dauerhaft verschulte Leben freihält. Von daher rechne ich jederzeit damit, dass ein Aufseher mit dem Stock auf mich zeigt und fragt, was dieses oder jenes Ding bedeute. Und ich habe die Frage schon mehrfach beantwortet, die Frage nach dem Leben im Park, aber wohl nie zur völligen Zufriedenheit. Weil ich in jeder Erscheinung und eben auch in diesem Park etwas Neues und eine ganze andere Konstellation entdecke, weil ich das Kind der Kunst im Zeitalter mechanischer Reproduzierbarkeit bin. Meine Wahrnehmung des Parks ist die eines Ladenlokals mit Möbeln aus verschiedenen Epochen, die nachträglich künstlich arrangiert wurden. Es ist ein Gemischtwarenladen mit kommerziell sortiertem Angebot. Der Stolz des Wärters ist verletzt, er bewacht den Besitz, verkauft ihn aber nicht. Denn das Geschäft hat durchgehend geschlossen, und der einzige Parktag ist Sonntag.

Ordentliche Tiere

Eine Fotografie aus dem Nachkriegsberlin hat sich mir eingeprägt: Eine Familie mit Hund, die Unter den Linden zwischen Ruinen spazieren geht, um auf der einstigen Prachtstraße, in der Nähe der halb zerstörten Säulen des Opernhauses, ein wenig auf dem ausgebreiteten Taschentuch ihres einstigen Lebens zu verweilen. So schweigen sie; wer weiß, was den Leuten im Kopf herumgeht, und wenn sie solche Gedanken langweilen, lässt ihre Aufmerksamkeit nach, und sie versuchen sich selbst und ihre Mäntel, die schon ziemlich alt sind, vom Staub zu befreien, mit dem Ärmel. Sie halten die Ärmel von innen mit Händen, die man auf dem Foto kaum sieht, auf eine Art fest, dass sie zur Bürste werden. Mit der man alles Mögliche vom Staub befreien kann, aber zuerst die Schöße der Mäntel, die die Leute einhüllen. Deswegen sieht es so aus, als würden sich die alten Kleidungsstücke selbst putzen, wie ordentliche Tiere.

Begräbnis

Immer wieder kehre ich in längst vergangene Berliner Zeiten zurück, indem ich die Aufnahme eines Mannes betrachte, der mitten auf der Straße wie bei einem Begräbnis Erde schaufelt. Ein Stadtbauer mit einer kleinen Hacke auf einem winzigen Stück heimischer Scholle, die zum Vorschein kommt, wo der Asphalt aufgebrochen ist. Denn das Heimatland kann auch in sich selbst begraben sein wie in eigener Erde, in der es wie tot liegt, bis jemand mit so einer Hacke kommt und es weckt wie eine eingeschlafene Prinzessin. Deswegen ist der einsame Mann für mich ein Totengräber, der die Heimatscholle von den Toten erweckt.

Dabei jätet er wahrscheinlich nur sein Kartoffelfeld. Was in der Großstadt Berlin, in der alles unter Stein verschwindet, ziemlich hart gewesen sein muss. Es ist, als wäre das Reich im Zweiten Weltkrieg im Erdreich versunken. Da konnte man durch Bomben- und Granattrichter in seinen kostbaren Schoß schauen, der noch immer fruchtbar ist. Woraus sich die geschilderte Szene auf einer Straße im Nachkriegsberlin erklärt. In der ein Mann mitten auf dem ehemaligen Prachtboulevard mit der Hacke arbeitet und darauf vertraut, dass die damaligen deutschen Kartoffeln austreiben, aus der rissig gewordenen Fahrbahn wachsen werden, 1945, gegenüber der Humboldt-Universität, auf der Promenade Unter den Linden.

Mandat

Wenn wir alte Koffer öffnen, die aus Pappkarton gefertigt und so bemalt sind, dass der Karton wie Leder wirkt, finden wir im Deckel Verstrebungen ähnlich der Dachkonstruktion einer Bahnhofshalle. So spielt der Stauraum für unsere gesamte Habe während einer Reise auf die baulichen Manifestationen des Verkehrsmittels an und imitiert sie im Kleinen. Nur dass hier statt Glas und Stahl mit Schottenkaros bedrucktes Papier verwendet wurde. Eine weitere Irreführung, denn ein erheblich billigeres Material tut so, als sei es der berühmte Stoff von der britischen Insel. Drinnen befinden sich einige Fächer für kleinere Sachen, der Rest ist für die großen Teile, Hosen und Kleider. Die Unterteilungen sind ebenfalls mit Schottenstoffimitat überzogen, dem Erkennungszeichen eines unbekannten Clans. Selbst die Lasche, die man herausziehen muss, um das Fach zu öffnen, ist darin gearbeitet, so dass man sie leicht übersieht. Die Vorrichtung, mit der der Koffer geschlossen wird, hat eine besondere Form, eine autochthone Schnalle, vernickelt, die sich am ehesten mit den Strumpfhaltern auf Mamas Schenkeln vergleichen lässt. Auf Druck eines seitlich angebrachten Knopfs springt die Zunge hoch; seit jeher bringe ich das mit der weiblichen Garderobe in Verbindung und mit Mamas morgendlicher Ankleide. Das geschah vor vielen Jahren, in einer Stadt im Süden, in Europa. Damals reiste man selten und nur über kurze Entfernungen, hin zum Landgut der Großmutter in der Provinz und zurück in die Hauptstadt. Der Koffer war fast leer; Omas Haus bot alles, was wir brauchten. Den Koffer nahmen wir der mit ihm verknüpften Assoziationen wegen mit und wegen der Allegorie der Weltenbummelei, seiner wichtigsten Eigenschaft. Denn in unserer Zeit war alles so eingerichtet, dass die Aufmerksamkeit auf allgemeine Phänomene gelenkt, der reale Nutzen eines Gegenstands hingegen selbstaufopfernd verschwiegen wurde. Nach der Ankunft in Großmutters Haus kam der aufregende Moment, wenn Mama den Koffer auspackte. Es war ein feierlicher Akt, der beglaubigte, dass sich unser Leben zumindest kurzfristig änderte. Mama holte meine Hemdchen heraus, und Großmutter nahm sie in Empfang wie das Akkreditierungsschreiben eines fernen, unbekannten und sehr kleinen Staates. Da fing unser Leben als Botschafter an, denn ein Leben als Gast hat hinsichtlich jener Gespräche, die in Doppeldeutigkeiten geführt werden, etwas vom Leben der Diplomaten. Außerdem genossen wir Immunität, was schulische Verpflichtungen und das sinnlose frühmorgendliche Aufstehen ausschloss. Wir hatten ein Mandat, das Mandat des Sommers. Das galt nicht für Papa und dessen unaufschiebbare Tätigkeit im Geschäft. Ihn hatten wir in den Schützengräben eines Handelskriegs zurückgelassen, während wir anderen weit weg von der Front im Provinzaugust lagen. Der Koffer stand eine Weile weit oben auf einem Regalbrett, so leer wie Bahnstationen, die von den Reisenden verlassen wurden. Aber er war dort und wartete auf das Ende der Preisnachlässe, die wir infolge der politischen Geschichte unserer Familie bekamen. Später wurden alle Verträge vernichtet, alle Debatten vergessen, und wir, plötzlich abberufenen Botschaftern gleich, mussten zurück, verbannt in die Anonymität, ins europäische Leben, ins zwanzigste Jahrhundert.

Kiosk

Der europäische Mann, der seine Zeitung ausgebreitet hoch hält und sich in der vollen Straßenbahn oder im Zugabteil und vor allem im Straßencafé gegen seine Zeitgenossen abgeschirmt glaubt, ist Opfer einer Täuschung. Denn die Welt schlüpft gerade infolge seiner vermeintlichen Schläue mit unter seinen Tschador, in seine solipsistische Kabine. Der Mann versteckt sich dahinter, um das Morgengebet zu sprechen, verwandelt sich damit aber nur in eine städtische Institution, eine allen zugängliche Litfaßsäule, so dass sich Neugierige und schlecht Erzogene um den lebenden Kiosk drängen und Bruchstücke der Tagesnachrichten erhaschen können, entgeltfrei. Derart versteckt zieht mein Mann auch insofern verstohlene Blicke auf sich, als von vorn gesehen sein Hut herausschaut, und außerdem verursachen die gepflegten Hände des europäischen Zeitungslesers ein rhythmisches Zittern der Seiten, die seinen Puls verraten. Der Mann bleibt demzufolge unbehaust, gerade weil er mit rechtwinklig gegeneinander gestellten

Wänden einen Paravent gebaut hat; auch drinnen toben die Weltläufte hemmungslos, und so ist das Séparée des Kaffeehauszeitungslesers nichts als eine Ecke und ein weiterer Ort menschlicher Bedrängtheit. Von außen betrachtet weckt der Anblick eines verbarrikadierten Lesers Argwohn, denn der Herr könnte in seiner halböffentlichen Loge eine kleine Lolita auf den Knien halten oder mit anderen unanständigen Handlungen beschäftigt sein, die Welt ist eine Quelle schändlicher Taten, und er befindet sich mit ihr hinter der Zeitung in promiskuitiver Intimität. Das ist die kurze Geschichte eines Bauwerks aus Papier, das ein ganzes Jahrhundert lang eine Institution war. Es überlebte viele Veränderungen der Titelseite, auch wenn der Text bis heute beunruhigend und im Wesentlichen derselbe ist. Ich schaue auf die Kante des kleinen Heims, das nur für einen Bewohner konzipiert ist; ich stehe an dieser Ecke, wie wenn ich eine Ecke des Palazzo Medici betrachten würde, auch wenn jene deutlich fragiler ist. Dann fällt das Papier plötzlich herunter, und der Leser ist mitsamt dem Café Josty verschwunden, in dem mein Held mit Theodor Fontane und Adolph Menzel an einem Tisch saß. Dort ist nichts als das schwarze

Loch der Geschichte, Spur der Zerstörung, Signal der Entropie, Teil blutiger Schicksale, deren Maske raschelnd abgestürzt ist.

Doppelhund

In meinem Lieblingsbürobedarfsgeschäft am Stuttgarter Platz gibt es einen weißen, ziemlich zotteligen Hund. Manchmal liegt er vor dem Eingang, manchmal ist er drinnen zwischen Papieren und Menschen. Dann verschwindet er plötzlich im hinteren Teil, vielleicht in einem besonderen Hundekontor, und wenn er von da zurückkehrt, wirkt er auf mich wie ein anderes Lebewesen. Als gebe es zwei Hunde in dem Geschäft, den, der hinten verschwindet, und den, der von dort zurückkommt. Vermutlich denkt er dasselbe von mir, denn ich habe wie jeder Mensch nicht nur einen Platz, und die Beständigkeit meines Körpers ist vielleicht ein bloßes Vorurteil. Ich lasse zu, dass ich nicht ständig, sondern nur dann da bin, wenn jemand beiläufig von mir Notiz nimmt. Wie wenn man in einem Gymnastikbuch einzelne Phasen einer Übung betrachtet, und dazwischen ist nichts.

Kritik der Plattform

Die Tatsache, dass ich auf einer asphaltierten Insel stehe, mitten im Meeresstrom des städtischen Verkehrs, sollte mir das Gefühl großen Reichtums vermitteln, aber dem ist nicht so. Seit Langem hat es sich in den Städten unseres Kontinents eingebürgert, die Fahrbahnen zu vertiefen und alles andere, Menschen, die zu Fuß gehen, an die Seite zu drängen und auf ein höheres Niveau zu heben. Wir sind also Bewohner einer Plattform, haben einen künstlich geschaffenen Nimbus, auf dem wir wie himmlische Cherubim verweilen sollen, schwebende Engel, einen Fußbreit über der Erde. Deswegen scheinen wir seit hundert Jahren im Nichts zu stochern, ein Leben in schwer interpretierbaren Albträumen. Eine kleine Operation beim Asphaltieren der Straße, das segregierende Moment, das Fahrzeuge und Fußgänger trennt – und schon hat man zwei Sphären, zwei parallele Welten sind entstanden, ganz eng beieinander und doch weit auseinander. Denn wer einen Fuß auf die Fahrbahn setzt, wechselt die Region, begibt sich ins Reich von nervös beschleunigten Bewegungen, Todesgefahren und Ängsten. Die leicht erhöhten Inseln zwischen den Straßenbahnschienen darf man darum nicht als rettende Ufer verstehen, wo sich die am Spiel beteiligten Kinder sicher fühlen könnten. Auf dem Podest aus Beton und Asphalt sind wir nur ein Grüppchen verängstigter Menschen, ein Polyester-Haufen, geschaffen von einem modernen Bildhauer. Von einer Plattform zur andern zu laufen bringt kaum Erleichterung; die Bewegung wird in unserem Verkehrsroulette von kindlicher Befriedigung und knabenhafter Heiterkeit begleitet, als wären wir Mensch-ärgere-dich-nicht-Figuren! Da »unten«, zwischen den Straßenbahnschienen, hätte uns einer »rauswerfen« können, aber wir sind dank Würfelglück schon am anderen Ende, im »Häuschen«.

Jetzt sehe ich, dass beide Welten, hier Fahrbahn, da Bürgersteig, Resultat einer Diplopie sind. Ein Ganzes, jedoch infolge eines Sehfehlers doppelt und seitlich leicht versetzt betrachtet. Wir sind also nach wie vor Einwohner der tieferen Zone, auf der sich pleistozäne Verkehrsbestien tummeln, und die Erkenntnis, dass wir in diesem Moment einen Schritt weiter sind, ist vielleicht nur ein von Levitationen erfüllter Traum und ein Trost, der von einem fehlsichtigen Menschen angefertigt wurde. Die Ideologie vom Bürgersteig ergibt sich aus der Vorstellung des Idyllischen und Optimistischen, derzufolge sich die menschliche Gattung mit einem kleinen Schritt nach oben retten kann, wobei sie diesen Schritt nur sehr selten vollständig ausführt. Das Leben auf dem Trottoir ist vielleicht grundlegender Bestandteil des utopischen Sozialismus, der uns versichert, es gebe ein besseres Leben, hier, in Reichweite. Im Gewirr der Straßenbahnschienen sind wir nichts; fünfzehn Zentimeter höher, auf der blühenden Ebene, die für die Fußgänger der Zukunft vorgesehen ist, werden wir alles sein. Diese Lehre krankt an der Doktrin des linearen Fortschritts, denn das Menschengeschlecht wählt selten die einfachste Lösung und verbeißt sich lieber im Unlösbaren und im Rätselraten.

Gott des Nichts

An etlichen Berliner Fassaden und über dem einen oder anderen Hauseingang kann man ein antikes Gesicht sehen, besorgt, bekümmert, melancholisch vielleicht. Der Mann trägt einen Bart, und das lockige Haar fällt bis auf die Schultern, so dass er wie die Mehrheit der Skulpturen des Altertums mit seinen gipsernen Augen wie blind ausschaut. Keiner weiß, wer das sein könnte, auch wenn sein Aussehen, vervielfältigt von einer Gewohnheitsmaschine, durch die Vermehrung eine Art Vergangenheitsdeputat im Parlament unseres Lebens wurde. Seine Anonymität ist undurchsichtig, das ist weder Zeus, der Herrscher der alten Welt, noch Merkur, sein Handelsvertreter, oder Hermes, der Gott der Promiskuität. Es ist der Gott des Nichts, ein Niemandsgott, vielleicht. Aber gerade deshalb ist er der rechtmäßige Vertreter vieler Menschen, gefangen in ihrer Bescheidenheit an heimlichen Orten menschlichen Seins. Sein Blick folgt mir oft auf meinen Wegen durch diese Stadt.

Tagebuch der Riesen

An einer hohen Wand irgendwo in Berlin hat die grandiose Darstellung eines Füllfederhalters der Marke Pelikan in halb aufgerichteter Lage überdauert. Neben dem Federhalter sieht man noch das Tintenfass, das einen der kleineren Berliner Seen aufnehmen könnte. Beides lässt vermuten, dass in unserer Gegend ein kolossaler Schriftsteller weilte und ausgerechnet hier sein Handwerkszeug deponierte. Viele schreiben immer noch im Geist seiner Manuskripte, nur in viel kleinerem Maßstab. Für mich ist es ein Hinweis auf ein Volk von Riesen, das über Nacht verschwand und seine Habseligkeiten über solche fensterlosen, hofseitigen Wände verteilte. Die aber doch zwischen kleineren Nachbarhäusern aufragen und die Habseligkeiten einer ausgestorbenen Art zeigen. Ich sammele sie jetzt, wenn ich durch Berlin laufe, und will daraus einen Ratgeber für Giganten zusammenstellen, nur falls wieder mal einer infolge eines biologischen Fehlers groß geboren werden sollte. Das ist kaum zu erwarten, aber man muss auf alles gefasst sein.

Dann wüsste er, wo er seinen Hut und den Stock gelassen hat, die Brille und den Füllfederhalter. Denn Menschen, ob groß oder klein, brauchen nur ein paar Dinge zum Leben, alles andere ist überflüssig. Die Hinterlassenschaften der Riesen bestätigen das. Denn sie repräsentieren eine nur noch ansatzweise vorhandene Geschichte, die sich aus halb abgefallenen Wandbildern in Hinterhöfen erschließen lässt. Dort haust auch die Gesellin des Mannes, eine herrliche Blondine unter einem Blumenhut. Manche ihrer Posen sind recht offenherzig, etwa wenn sie mit nackten Schultern aus einer gigantischen Badewanne schaut oder sich Feinstrümpfe anzieht, die heute wegen dem bröckelnden Putz durchlöchert sind, und dabei den einst seidigen Glanz weit über dem Knie befestigt. Der, der seinen Füllfederhalter in der Nähe ablegte, hat wahrscheinlich viel über diese Knie geschrieben, bevor er plötzlich aufbrach. Genau genommen wollte er über nichts anderes als diese Knie schreiben, aber er schämte sich. Denn die unglaublich großen Riesen sind genauso schamhaft, wie man es von viel kleineren Personen annimmt.

Wertpapiere

Es gibt keine Adler mehr über Berlin, Peeperkorns königliche Vögel. Eine Zeit lang hockte er im Wappen der einstigen Diktatur, wurde jedoch als Schlussakt im großen sportlichen Wettkampf der Geschichte des zwanzigsten Jahrhunderts mit Dynamit aus dem hiesigen Olympiastadion gesprengt. Insgesamt sind nicht eben viele Symbolfiguren an Berliner Fassaden übrig. Höchstens ein paar zweideutige Blicke von Terrakottaaffen neben einem Tor, ein steinerner Ochsenkopf, das Zeichen einer früher bekannten Metzgerei, über einer Ladentür. Oder, vergessen an der Fassade einer Versicherung oder der Börse, Ernst Jüngers wütender Arbeiter. Trotzdem erinnere ich viele legendäre Erscheinungen, die meisten auf Anleihescheinen, die meine Großmutter unter den Handtüchern im Schrank aufbewahrte. Auf denen sah man Schmiede, Feen, einen gefährlich die Axt schwingenden Alten und ein Mädchen mit Zitter. Die relative Ordnung der Figuren ähnelte einer Darstellung der Lebensstufen, die erst Kinder und gesunde, junge Leute erklimmen, dann dicke Richter, die bereits die Seite wechseln, und zuunterst liegen Greise im Sterben. Allerdings bestanden zwischen den Wertpapierhelden keine Beziehungen, und logisch waren sie auch nicht, sie konnten weder ihr Tun noch ihre dummen Kostüme erklären.

Die Szenen auf diesen Papieren wie auch deren Protagonisten hatten viel mit einem Theaterstück für Kinder gemein, in dem zuerst der Schmied auftritt, anschließend ein starker Soldat mit Helm und am Schluss, barfuß und bezopft, eine junge Gänsehirtin. Man versteht nicht, was sie sagen; nicht einmal die Schauspieler wissen das. Sie glaubten nur, man sollte den Kindern im Zuschauerraum etwas Lehrreiches und Geheimnisvolles sagen. Auch die Botschaft auf den Anleihen im Schrank meiner Großmutter richtete sich ebenso an die Großmutter wie an die übrigen Familienmitglieder, erläuterte sie doch, ihr bloßer Besitz hätte noch keinen Wert, aber später einmal, in einer sehr zweifelhaften Zukunft, würde alles in richtiges Geld umgetauscht und ein richtiges Vermögen daraus. Die Bühnenbilder auf den Wertpapieren, die mir als Kind viel bedeuteten, übersetzten Opern in Wirklichkeit, und der Eingang war das Tor zum Pariser Palais Garnier, das den Meisterbrief zierte. Meisterbriefe hängen seit über einem Jahrhundert in den Handwerksbetrieben des Kontinents, die Zeichnung darauf zeigt den Meister persönlich, wie er vor Richter und König kniet, die ihm feierlich seine Kunstfertigkeit als Schuster auf ewig zuerkannten. Das sind die ersten Schritte ins Atrium des Hauses der Musik, in dem sie Lakaien, das Personal eines Wachsfigurenkabinetts, erwarten. Aber auch aus Besuchern, die reinen Herzens hierherkommen, werden winzige Figuren, wie sie auf Architekturmessen angeboten werden, Statisten für das Modell eines nur geplanten Baugerüsts einer Stadt im Zwergenformat. Greise mit Äxten, barfüßige Jungfern, Helden mit Hellebarden und Reiter in bunt bestickten Hemden treten auf, sobald sich der Vorhang hebt, und nebenbei strebt die Ouvertüre ihrem explosiven Höhepunkt zu. So zeigt sich der Mehrwert des symbolischen Lebens, das während der ganzen Geschichte unseres Bürgertums neben dem eigentlichen, wirklich nicht symbolischen Leben herläuft. In deren Verlauf sich die Menschen dauernd fragten, was einzelne Dinge, Erscheinungen oder Ereignisse zu bedeuten hätten und warum sie passierten. Denn viele bedeutungslose Einzelheiten nebeneinander geben dem

Leben keinen Sinn. Deswegen widmen neugierige Individuen, Kinder vor allem, dem Betrachten selbst des kleinsten Kamms, einer Fotografie oder einer Tasse viel Zeit und stellen das Ding, auch wenn es nicht restlos entschlüsselt ist, an seinen Platz zurück.

Straße im Norden

Ich halte eine Straße im Wedding, zu der ich immer des Nachts gehe, für eine Straße der Nacht, in der niemals der Morgen graut. Ich kann mir nicht vorstellen, wie diese Straße im Wedding bei irgendeiner anderen Beleuchtung außer der nächtlichen aussehen würde. Diese Vorstellung fällt ungeheuer schwer, so sehr durchdringt die nächtliche Dunkelheit die dortigen Häuser und den Fußgängerweg dazwischen. Das betrifft auch die Menschen, die ich dort regelmäßig sehe, die diesen vorsichtigen Gang haben, um niemanden aufzuwecken, und leicht benommen wirken. Denn auch sie gehören dieser Zone an, der nächtlichen, die sie in keiner Richtung verlassen. Vielleicht ist so ein Leben Gewohnheitssache. Niemand begehrt gegen die lange Dunkelheit der Polarnächte auf, und der Wedding liegt immerhin im Norden Berlins und von daher im Norden der Welt. Die Freunde, zu denen ich gehe, sind ganz vernünftige, unternehmungslustige und normale Leute; wir werfen aber nie die Frage auf, wie es um den Morgen in ihrer Gegend steht und ob der überhaupt vorkommt. Denn sollte das doch der Fall sein, würde meine Vorstellung von dieser Straße zusammenbrechen, und ich würde sie nicht wiedererkennen.

Verfallsvorbild

In männlichen Hosentaschen passiert etwas Seltsames: Selbst wenn man alle wichtigen Sachen herausnimmt, bleibt etwas zurück, trockenes, abgerupftes Material, unerklärliche Knäuel, die aus dunkler Watte oder verfilzten Fädchen bestehen könnten. Als hätte sich ein Zwerg gekämmt und dort hineingeworfen, was sich im Kamm verfing. Jetzt sehe ich, dass ich mich mein Leben lang mit den Miseren um mich herum beschäftige, und sei es in winzigen Mengen, und daraus meine Poetik fertige. Ich glaube trotzdem, dass unser Weg in die unendliche Leere seinen Ursprung hat in diesen winzigen Knäueln, die sich neben Papierfetzen, Zigaretten und Schlüsselbund in der Höhle der Männerhosentasche zu Kügelchen organisieren und zu lang gezogenen Strähnen des Nichts: Substrat einer bürgerlichen Chemie, eine Gleichmacherei, die ihren dialektischen Ort in Mendelejews System noch nicht gefunden hat. Unmöglich lässt sich feststellen, aus welchem Rohstoff der menschlichen Kleidung diese Reste herstammen, als wären sie autochthon oder hätten eigene Wurzeln. Die menschliche Gattung leitet sich ähnlich her, außer dass sie auf feuchte Anregungen und eine Pfütze in der Umgebung angewiesen ist. Das verknäuelte dunkelgraue Nichts ist ein Kind der Trockenheit, aber selbst unter diesen Umständen bildet es die Wege unserer biologischen Emanzipation treulich ab.

Da wird mir klar, dass selbst eine kurze Geschichte der bürgerlichen Klasse dem Schriftsteller unter anderem tägliches Umdrehen der Hosentaschen und die Säuberung der persönlichsten Winkel im Anzug von jenem beunruhigenden Etwas abverlangt. Vielleicht sollte ich auch dazu einen Psychologen befragen, der aus den kleinsten Knäueln, entstanden in den Falten der Kleidung, seine philosophischen Schlüsse ziehen kann. Ich denke im Grunde, sein Ziehen von Schlüssen müsste gerade bei einem so geringfügigen Anlass wie den Knäueln in meiner Hosentasche besonders erfolgreich sein. Schließlich kam diese ganz aus dem Nichts entstandene Wissenschaft gerade in der Zeit auf, als man begann, Anzüge nach heute noch gültigen Schnitten zu nähen, und bekam erst dadurch ungeahnten Schwung. Mein Psychologe wird mich sofort fragen, ob ich mich vor den Knäueln fürchte oder an ihnen freue.

Mich freut aber vor allem, wenn ich auf irgendein Phänomen, und sei es noch so geringfügig, aus der Geschichte der bürgerlichen Klasse stoße; das ist alles. Und außerdem nehme ich an, dass der kluge Herr Professor die eigenen Hosentaschen umdrehen und auf die aus dem Nichts entstandenen Knäuel überprüfen wird.

Medusa

Wer eine Gardine, die der Wind am Fasanenplatz oder in der Meinekestraße aus einem Zimmer bläht, flattern sieht und diese unverhoffte Medusa, diese aus dem Schaum des Augenblicks geborene Qualle genießt, geht davon aus, jemand habe da oben im vierten Stockwerk eine Tür geöffnet und damit einen Durchzug verursacht. Ich indessen sehe darin den Beweis für die Gewalt, die im Innern vieler Häuser wütet, sich aber nur selten zeigt.

Vom Zubehör des zwanzigsten Jahrhunderts

An den Wänden meiner Berliner Wohnung haben sich Schichten älterer Anstriche erhalten, ein fest gepresster Katalog floraler Motive, der von einer Textilfabrik oder einem Herbarienliebhaber stammen könnte. Jetzt scheint mir, als begänne die Farbe der Berliner Vergangenheit plötzlich abzublättern. Es wirkt, als spränge das komplette kleine Archiv unvermittelt heraus, während die Weißbinder den neuen Anstrich vorbereiten, wie bei jenem japanischen Spiel, bei dem ein gewöhnliches, in Flüssigkeit getunktes Papierknäuel schlagartig zur Blume wird. Gleichzeitig ertönt ein Geräusch, wie wenn sich ein Regenschirm öffnet oder der Luftstrom das Päckchen auf dem Rücken eines Fallschirmspringers in den rettenden Seidenpilz verwandelt.

All das fällt unter die unverhofften Entdeckungen, die eine Operation des Auseinanderfaltens, Aufknöpfens, Abbauens komplizierter Apparate voraussetzt, die eine Weile wie unsere vergessenen Erinnerungen zusammengefaltet, zugeknöpft und im Geheimnis verpackt waren. So holt der

Musiker aus einem Futteral von der Größe eines Federhalters einen kompletten Notenständer, faltet klappernd ein Messingband, einen leicht modifizierten Zollstock auseinander, der, aus der Gesäßtasche gezückt, die aus dem Orchestergraben bekannte Form erhält. Damit kann nur die gefährliche Erfindung des Taschenmessers konkurrieren. Das nicht nur wegen des Messers wichtig ist, sondern wegen der Vielzahl von Teilen, die bereitwillig aus dem Griff springen. Korkenzieher, Nagelfeile, Ahle, Dosenöffner und einige Ergänzungen, deren Sinn schwer zu entschlüsseln ist. Sind sämtliche Werkzeuge ausgeklappt, um in einem Schaufenster alle Funktionen zu zeigen, ist das Ding unbrauchbar. Denn die Teile stören sich wechselseitig. Das ist die kleine Rache der vernickelten Taschenmesserseele und eine Lehre für die Liebhaber universeller Hilfsmittel.

Chodorowsky

Ich weiß immer noch nicht, wo ich in den nächsten Monaten wohnen werde. Angeblich müssen sie sich erst um Chodorowsky kümmern, dann bin ich an der Reihe. Vermutlich gibt es gar keinen Chodorowsky, sie wollen nur ihre Ruhe, bis ihnen was für mich einfällt. So verstaue ich meine Zukunft in vielen Räumen, hier in Berlin. Ich steige durch fremde Treppenhäuser, gehe durch viele bereits bewohnte Zimmer, trete auf Balkone und klettere über Metallleitern weiter hinauf, laufe über Dächer und komme in einer anderen, mir unbekannten Straße heraus. Denn Berlin ist eine einzige Wohnung, nur in viele Orte aufgeteilt. Alle realen Räume gehören ebenso dazu wie die, die nie gebaut werden. Jede Stadt hat darauf ein Recht. So wie meine potenzielle Wohnung jedes Stückchen Raum beerbt, das ich mir im Lauf des Lebens gemerkt habe.

Ich frage noch einmal nach Chodorowsky und ob er schon untergebracht sei. Denn wenn Chodorowsky überhaupt existierte, dann ließe sich seine Wohnung als Analogie verstehen, ein Ort, der, parallel zu anderen, eventuell meiner hätte sein können. Chodorowskys Wohnung, die es leider nicht gibt, wäre eine Anspielung, mir zum Geschenk, aber so muss ich wieder bei Null anfangen und von einem Gemeinplatz ausgehen. Denn jede Wohnung in dieser Stadt ist Teil eines Gemeinplatzes, aus dem sie später herausgelöst wird. Aber selbst in diesem herausgelösten Zustand behält sie etwas vom generellen Prinzip und den Intentionen des Wohnens überhaupt. Deswegen haben viele Menschen gelegentlich den Eindruck, nicht zu Hause, sondern in die falsche Straße geraten zu sein.

Für jetzt bin ich der Basiseinwohner Berlins, der sich auf viele Orte verteilt und damit nirgends ist. Aber auch nirgends ist ein Ort, nur stark verallgemeinert, und daher bietet er unvergleichlich mehr Ausblicke als die übrigen.

Nachwort

Bora Ćosić, einer der letzten großen jugoslawischen Schriftsteller, hat sich selbst 1995 aus der ermatteten »Weltrevolution« und dem Machtbereich des mehrfachen Parteivorsitzenden und Präsidenten Slobodan Milošević nach Berlin, eigentlich in den historischen Neuen Westen der Stadt, entlassen. Der Stadtplan, den er für den Band *Die Toten. Das Berlin meiner Gedichte* (2001) gezeichnet hat, zeigt ein überschaubares Charlottenburger Areal, gelegen zwischen Bismarckstraße und Kurfürstendamm. Die Allee Unter den Linden, das Pergamonmuseum und der Gendarmenmarkt setzen die Planskizze nach Osten fort und erscheinen wie kleine Außenforts einer gedachten und gefühlten Stadtmitte. Und dann gibt es natürlich noch Paris und das istrische Rovinj, in dem Bora Ćosić nach dem Weggang aus Belgrad gelebt hat und nach wie vor seine Sommer verbringt.

Zagreb, einst auf Deutsch auch Agram genannt, die Stadt, in der er 1932 geboren wurde, in der er »eine kurze Kindheit« verlebte, und Belgrad, wo er aufwuchs und später Philosophie (in Belgrad, natürlich Philosophie) studierte, sind schöne und bedeutende Städte. Sie haben sich ihm entzogen. Der Schriftsteller kroatischer Herkunft und serbischer Sprache hat Belgrad und Serbien 1992 verlassen. Sein Buch *Das Land Null* (2004) sagt dazu alles Nötige in aller Härte. In Belgrad musste er seine Bibliothek in Kisten verpacken und wurde später gezwungen, den Inhalt dieser Kisten aus der Ferne zu rekonstruieren. In dem Band *Die Zollerklärung* (2001) hat er den aberwitzigen Vorgang beschrieben. Absurditäten zwingen sich diesem Autor auf, haben ihm das Leben vergällt, stoßen aber auch auf lachende Gegenliebe und spöttische Neigung, auf seinen dunklen Humor und seine helle Ironie.

Im neuen, auch im Werk von Bora Ćosić ganz einzigartigen Prosabuch *Lange Schatten in Berlin* wird das überschaubare, vom Autor erwohnte und durchlaufene Berliner Areal zur Hauptstadt des zwanzigsten Jahrhunderts. Am Ende jenes Jahrhunderts lebte der Autor in Häusern, die in dessen Frühzeit gebaut wurden und auch im beginnenden 21. Jahrhundert noch ihre Wohnlichkeit unter Beweis stellen. Einen Leitfaden, eine Anleitung für dieses vergehende Leben im städtischen und bürgerlichen Jahrhundert hat er nie gefunden. Vielleicht hätte ihm eine Neufassung von Franz Hessels *Spazieren in Berlin* als das schmerzlich vermisste »Handbuch« dienen können oder ein nie geschriebener Berlin-Roman Franz Kafkas und auch das zu Ende geschriebene *Passagen-Werk* Walter Benjamins. Im Anfangskapitel »Ab ovo« wird die Treppe zur »Vorrede« des Lebens, »eine Art vorbereitender Raum« sowohl für den Text wie auch für das Leben in der »nie ganz« betretenen Wohnung. Hinter den Türen herrscht – kaum zu bändigen – »ein Wirrwarr wie in Romanen aus Russland«. Der Wirrwarr ist ein anderes Wort für ein Leben »ohne Inhalt«. Das Leben, so sagt es der nun doch im 21. Jahrhundert angekommene Treppenhausbewohner, das Leben hatte im 20. Jahrhundert keinen Inhalt. Der Inhalt ist allenfalls »drinnen« und entbehrt noch der Ordnung durch einen Leitfaden.

Klare erkennbare Strukturen und Lebensdeutungen findet der Autor im Treppenhaus. Schmale Leisten und Bordüren teilen die Wandflächen auf der Höhe des Zwerchfells dessen, der die Treppe hinauf- oder hinuntersteigt. Die noch verschlossene Wohnungstür zeigt ornamentale quadratische oder rhombische Vertiefungen, die wie der

Abdruck einer gegenbildlichen, mit Erhebungen verzierten geheimnisvollen anderen Tür wirken. Und wenn die andere Türe nichts wäre als ihre Innenseite, auf der die Linse des Spions durch ein diskretes Augenlid abgedeckt ist?

Im Treppenhaus befinden sich auch die Miniaturverstecke der Bewohner. Eine zweite, »allegorische« Wohnung mit Eingangstür, Guckloch und Namensschild ist der Briefkasten, in dem die Besucher, genannt Postkarten, Briefe oder Rechnungen, die Existenz des Bewohners kommentieren. Im Kästchen entstehen Chronologie und Geschichte durch Verdichtung, während die übrigen Räume der Wohnung, »die riesig sind und überschätzt werden«, eine verschwommene Existenz zulassen, nichts anderes wohl als den schon gegeißelten Wirrwarr.

Die kurzen Texte dieses Bandes, die häufig miteinander korrespondieren und zusammen eine große und dichte Textur bilden, bleiben nicht bei der Vorrede über die Strukturen des Treppenhauses stehen oder bei der Vorrede, die aus eben jenen Strukturen gebildet wird. Lieber noch als seine eigene beschriebe der Autor die Wohnung seiner Nachbarn, sähe seine Wohnung aus der Perspektive fremder, europäischer Wohnungen, auch solcher, an die er sich in Belgrad und Zagreb erinnert. Nur dem Perspektivisten, so folgert er, sei die »Kommunion mit der Welt« möglich, und nur aus dieser heraus könne »ein ganzes Kompendium der Zivilisation« aus seiner Verborgenheit herausgeschält werden. Die »letzten Geheimnisse der bürgerlichen Anatomie« enthüllen oder enthüllten sich in der Tiefe des Korridors von Altbauwohnungen, insbesondere als diese noch gar nicht so alt waren und dort junge Dienstmädchen zu den natürlichen Lehrerinnen von Knaben wurden und diese nicht nur über das weite »Feld der Galanteriewaren« aufklärten. Flure enthalten auch Wandschränke, die nichts sind als die Urbilder von Ladeneingängen in den Passagen großer Städte. Am Ende der Passage, am Ende des Korridors öffnet sich der Blick in die Hinterhöfe. In einer der beschriebenen Wohnungen gibt es drei Hinterhöfe mit verschiedenen Wetterzonen, Lichtverhältnissen und Ausblicken auf die Abseiten anderer Wohnungen. Die Beobachter beobachten einander aus verschiedenen Winkeln und Perspektiven. Mitunter blickt man in gegenüberliegende Fenster, die überraschenderweise noch zur eigenen Wohnung gehören. Eine aus geöffnetem Fenster flatternde Gardine könnte schlicht auf Durchzug schließen lassen, der Zeuge der »Weltrevolution« und des städtischen Lebens sieht »darin den Beweis für die Gewalt, die im Innern vieler Häuser wütet, sich aber nur selten zeigt«.

Die Sichtweisen mythischen Denkens, der bewahrte staunende Kinderblick auf die Geheimnisse bürgerlichen Wohnens in den Häusern zweier Jahrhundertwenden lassen aus gut fünfzig Prosafragmenten und der Beobachtung architektonischer Palimpseste oder der sich abschilfernden Putzschichten mehrerer Generationen ein Bild bewahrten Stadtlebens entstehen. Wer bereit ist, sich einfangen zu lassen von diesem dichten Textgewebe, wird am Ende erstaunt feststellen, dass das anfangs so schmerzlich vermisste »Handbuch für den Aufenthalt im zwanzigsten Jahrhundert« und die Jahrzehnte danach soeben geschrieben worden ist und dass er es nun gerade gelesen hat. Und weil Bora Ćosić, der als staunender Autor aus diesem Textgebilde hervorragt, ein Philosoph und Interpret urbanen Lebens geworden ist, zeigt er dem Leser die schon verloren geglaubten Inhalte als ein gelöstes Puzzle. Niemand kann seine Leser hindern, daraus wieder den Wirrwarr zu machen. Wir haben den Leitfaden in der Hand und wissen nun, ihn auch selbst zu benutzen. Es ist der Ariadnefaden unseres Stadtlebens. Wir entrollen ihn lesend.

Herbert Wiesner

Zitatnachweis

Das Motto auf Seite 5 stammt aus: Boris Pasternak: *Geleitbrief. Entwurf zu einem Selbstbildnis*. Aus dem Russischen von Gisela Drohla. Durchgesehen und ergänzt von Barbara Conrad.

Inhalt

Bora Ćosić
Eine kurze Kindheit in Agram
1932–1937
Mit zahlreichen Abbildungen
Aus dem Serbischen von Brigitte Döbert
160 Seiten. Leinen.
ISBN 978-3-89561-585-6

»Phantasievoll, beruhigend und für den Leser auch unterhaltsam. Reizvoll sind die Schwarzweißfotografien aus Privatbesitz und öffentlichen Archiven, die den Band illustrieren. Sie erzählen eine andere Geschichte als der Text.«
Jörg Plath, Frankfurter Allgemeine Zeitung

»Ein luftiges Buch über die Seele der Dinge und den Schmerz des Erwachens. Es sind nicht nur schöne und kluge Bücher, die er verfasst, sondern ausnahmslos solche, die sonst niemand mehr schreiben wird.«
Karl-Markus Gauß, Süddeutsche Zeitung

»Ćosić ist der große alte, listig-heitere Mann der serbischen Avantgarde, stark in der Polemik und noch besser in der Erinnerung.«
Marko Martin, Neue Zürcher Zeitung

»Mit Anklängen an Walter Benjamins *Berliner Kindheit* und Sartres *Wörter* ist der gerade erschienene Band ein weiteres, so magisches wie kluges Geschenk an die Lesenden.«
Caroline Fetscher, Der Tagesspiegel

Schöffling & Co.